温暖的故事

盛开在掌心的茧花儿

SHENGKAIZAIZHANGXINDEJIANHUAER

菊韵香/著

敦煌文艺出版社

图书在版编目（CIP）数据

盛开在掌心的茧花儿 / 菊韵香著. -- 兰州 ：敦煌文艺出版社，2013. 6
（温暖的故事）
ISBN 978-7-5468-0536-8

Ⅰ. ①盛… Ⅱ. ①菊… Ⅲ. ①故事—作品集—中国—当代 Ⅳ. ①I247.8

中国版本图书馆CIP数据核字（2013）第129961号

盛开在掌心的茧花儿
（温暖的故事）
菊韵香　著
责任编辑：尚再宗
封面设计：三合设计公社

敦煌文艺出版社出版、发行
本社地址：（730030）兰州市城关区读者大道568号
本社邮箱：dhwy@duzhe.cn
本社博客（新浪）：http://blog.sina.com.cn/dunhuangwy
本社微博（新浪）：http://weibo.com/1614982974
0931-8773084（编辑部）　　0931-8773235（发行部）

北京泽宇印刷有限公司
开本 710毫米×1000毫米 1/16 印张 12 字数 190千
2013年9月第1版 2013年9月第1次印刷
印数：1～5 000

ISBN 978-7-5468-0536-8
定价：23.80元

序 言 Preface

那些穿透沉重的温暖

行走红尘，放眼回望，你看到了什么？是春暖花开时节的一季繁花，还是冷瑟秋风中的一片落叶？而我，看到的是——

在某家医院的走廊里，男人正满脸焦急地走来走去。突然，产房内传来一阵令人心颤的喊叫。听得出，是妻子的声音。很快，护士走出来，报告了一个不幸的消息：孩子是唇腭裂，而且很严重！

6年前，男人已经有了一个女儿，也是在这家医院出生的。那天，一抱起小小的女儿，男人便怔住了——女儿居然患有先天性唇裂并腭裂！看着男人惊呆的样子，女人说：让我看看孩子。男人缓过神，强笑：是女儿，很漂亮的女儿。

等到女儿渐渐长大，男人倾尽所有，给女儿做了补唇补腭手术，效果还算理想。由于两人都是独生子女，按政策可以再要一个孩子。谁料，依然是相同的病症。

为了给女儿治病，这些年他们没攒下一分积蓄，还欠了一大笔债。如今，儿子一降生，就等于将一座债山带到了家里。不管生活的担子有多沉重，男人都能承受。因为，他是个男人。可他实在看不得妻子跟着受苦遭罪：自从女儿来到人世，妻子再没有买过一件衣服，将生计节省到了令人难以相信的极致。

呆立片刻，男人走进了产房。几乎在抱起儿子的同时，眼泪止不住地落在了儿子还皱巴巴的脸上。出人意料的是，瞅着儿子的兔唇，妻子竟然一丝儿惊讶都没有，笑着说：他生在咱家，是咱们的福分，也是他的福分。有了照顾女儿的经验，咱们也能照顾好他，对吧？

从妻子温暖的笑意里，男人恍然明白：人生不如意事十有八九，只要面对它，接纳它，不抱怨，不舍弃，不论日子多苦多难，请相信，幸福都从未远离过……

在网络上，曾有过这样一段视频：每天傍晚，一对年过六旬的老夫妻都会走出家门，沿街散步。而让路人惊讶的是，男人的手里提着一根绳子，绳子的另一端拴在女人右脚的鞋子上。男人每走一步，就会稍稍往前提一下绳，以此带动女人沉重的脚步，慢慢挪移。

有人上前打听，男人说，8 年前，妻子生了一场大病，落下了偏瘫的病根，连床都下不了。尽管医生给出的答复不容乐观，可他还是想让妻子好起来，多看一眼街上的风景。起初，他背着她上楼，搀着她下楼，随着年纪越来越大，他只能用这种方式一同行走。一路走来，绳子都不记得磨断了多少根。

视频的最后，映照在夕阳下的身影重叠在一起，连光晕都是那么的温暖。

在我家的隔壁，住着一对老夫老妻。目睹他们的生活，喋喋不休、婆婆妈妈、磨磨叨叨……这些词语就会从脑海里鲜活生动地蹦出来。

你会不会做饭？天，你又把煎蛋弄煳了！跟我遛弯，你怎么总低着头？是不是嫌弃我老，给你丢人了？瞧瞧，你又忘了放坐便套……

如果单是老女人爱唠叨，也许，日子还能安稳点，偏偏男人也不是省油的灯，女人一开口，他绝不会让话掉到地上。只要两人一吵，我的耳朵就成了重灾区。但让人难以置信的是，他们天天吵闹、抱怨，可始终住在同一屋檐下，一天也不曾分开过。

终于有一天，老女人走了。当他们的女儿急匆匆闯进门时，一眼便看到父亲抱着母亲，依然在絮絮叨叨：老伴，你太狠心了，为什么不等我一起走？路上没人听你唠叨，你不闷得慌？再说，你走了，我和谁吵，和谁闹？

不吵不闹不夫妻。这糅和了烟火气息的抱怨，分明是最朴实的爱，最暖心的温暖。

这些平凡普通的场景，不断地进入我的故事。而我也总喜欢在人生之旅中回眸远眺。看着一路走来时的脚步，有苦，有甜，有笑，有泪。感受着那一路走来的弥足珍贵，我深知，无处不在的温暖，永远是生活的主色调。它的力量，足以穿透所有的不幸和灾难，如春日阳光般洒落世间、心间。

情暖心间，珍爱永远！

菊韵香

2013 年 3 月 20 日

目录 Contents

第一辑　打死不说我爱你

第二辑　你就是那最美的栀子花

第三辑 洒满90级台阶的幸福

第四辑 请到天堂门口来接我

第一辑

EPISODE 1

打死不说我爱你

打死不说我爱你

一、木头，别惹我

苏百合惩罚男友楚宁很有一套。诸如噘嘴生气扮可怜、哭闹抓挠装泼辣之类的招数，在她眼里不过是很傻很天真的小儿科，太没劲，她采用的方式是：相亲。

早在扎着羊角辫骑竹竿当白马的时候，苏百合就认识楚宁。直到去年光棍节前，苏百合给楚宁打电话，懒洋洋地问："木头，光着没？"楚宁刚钻出被窝，还没穿衣服，于是实话实说："光着呢，有何吩咐？"苏百合接着说："姐也想脱光，不如咱俩凑合凑合吧。"

苏百合的生日比楚宁大半个月，向来以姐自居。于是，简简单单几句梦话般的闲聊，两人便决定找找感觉。与此同时，苏百合郑重警告楚宁：木头，千万别惹我生气，不然，后果很严重！

楚宁生性腼腆，不善言辞，苏百合便给他起了个恰如其分的绰号：木头。她绝非吓唬楚宁，每每不开心，她都会当着他的面拨响闺蜜蓉蓉的电话：喂，给姐安排个帅哥，姐要相亲！蓉蓉开着家婚介所，名曰"玫瑰园"，帅哥美女多如早市上的土豆白菜。这次也不例外。这个周末的下午，原本约好去游乐园，可楚宁姗姗来迟，整整耽误了半个小时。苏百合岂能惯着他，不容解释便联系上了蓉蓉："马上给姐安排相亲。条件嘛，一要帅，二要能遵守时间。"

苏百合的手机处于免提状态，蓉蓉的回答听得非常清楚："真巧，我手头正有一枚深沉忧郁型的帅哥，迷死人了。你快点来，再不来我可要据为己有了。"

"好，给姐存着，我这就到。"联系妥当，苏百合也斜着楚宁下了逐客令：

“木头，姐要相亲去了，你随意吧。”

“百合，对不起，我——”

“打住，别跟姐说对不起。如果换三个字，并且对着大街高喊100遍，我可以考虑取消本次相亲。”苏百合板脸打断楚宁，口气咄咄逼人：“喊不喊？3，2，1，读秒结束，再见！”

二、帅哥有毛病？

苏百合逼楚宁说的那三个字，傻子都知道是啥。可满大街人来人往，要喊出口确实难为情。苏百合再不废话，拦辆出租火速赶去和忧郁型帅哥会面。这次相亲比跑马拉松耗时还多，等苏百合美滋滋走出玫瑰园时，夜色早已降临，该死的瓢泼大雨又兜头浇下。这下坏菜了，非变成落汤鸡不可。苏百合正暗叫倒霉，一把雨伞架在了头顶上。

是楚宁。楚宁笑呵呵地问：“相完了？我送你回家。”

莫非，他一直站在雨中等候接驾，足足等了四五个小时？一阵小感动过后，苏百合又有些恼火：真是个木头人，你女友相亲，你竟然还能笑得如此灿烂！

“喂，你怎么不问我见的是谁？”

楚宁倒也听话，鹦鹉学舌：“你见的是谁？”苏百合眉飞色舞，得意洋洋地回道：“当然是货真价实的优质男，IT精英，长得比理查·基尔还性感。”

楚宁让让身子，尽量给苏百合腾出空间，以供她比比划划。唱了半天独角戏，苏百合又急了：“他那么优秀，你怎么不吃醋，不生气？你信不信，我这就找他去！”

“不用找，我来了。”喊声未落，一辆黑色轿车冷不丁停在身边，探出车门的正是忧郁男。苏百合先是一怔，随即歪头盯着楚宁下了最后通牒：帅哥在此，姐现在就想听你说那三个字，你若再不说可就真没机会了。不料，忧郁男压根没搭理她，而是非常客气地邀请楚宁上车。

这下，苏百合彻底傻了眼：“喂，你没搞错吧？你们可是两个大男人！”

我找的就是男人。忧郁男边说边快速伸手，硬生生将楚宁拽进了车。苏百合见状不妙，死死拉住车门不放。忧郁男回头喊了一嗓子，后排又跳下两个男子，抱起苏百合强塞进了车。不等醒过神，忧郁男已猛踩油门，车子风驰电掣般一路狂奔，至于驶向哪儿，根本看不清。约莫半个多小时后，轿车终于开进了一座别墅。下了车，忧郁男上上下下打量着楚宁，满意地点点头："不错，身材、相貌都不错，我喜欢。"

"你喜欢？呸，别恶心我！他是我男朋友，不准你想入非非！"苏百合紧紧靠着楚宁，壮胆质问："你们到底是谁？抓我们想干什么？"

"不是抓，是请。请吧。"说完，忧郁男引领两人走进了客厅。客厅很宽大，装潢得古色古香，淡雅别致，绝不像土匪窝。面对面站定，忧郁男瞥着苏百合，操着沙哑的嗓音问："这个小伙子是你男朋友吧？你们的月薪加起来有多少？"

你又不是我们老板，开多开少和你有一毛钱关系吗？可话到嘴边苏百合又改了口："你还没回答我呢，你为啥要抓我们？"

这次对话，简直是鸡对鸭讲。忧郁男似在自说自话："6千够不够？你若不说，我就按这个数给你们开支了。"

虽说钱多不咬手，可苏百合哪敢要？拿男朋友赚钱，传出去还不让人笑话死？苏百合正想警告忧郁男少动歪念，只见推搡她上车的男子快步走进，附在忧郁男耳边一通嘀咕。嘀咕完，忧郁男丢下苏百合，拉起楚宁奔向另一个门板紧闭的房间。在来的路上，苏百合没少往坏处想，越寻思越觉得心惊肉跳：逼良为娼，绑票勒索，盗取器官……但就在推开门的那一刻，一切总算有了答案：相亲。

相亲的主角不是她苏百合，也不是忧郁男，而是楚宁。更令人不可思议的是，相亲对象居然是个陷入重度昏迷状态的植物人，一个叫小雅的年轻女孩！

三、植物人也相亲

给植物人安排相亲，纯粹鬼扯。得知真相，苏百合惊讶得下巴差点脱臼。可不管你信不信，事实总是事实。很快，楚宁拿到了一份用工协议。大意是说，遵照双方自愿的原则，乙方接受甲方开出的薪酬待遇并为甲方服务，时限10天。时限期满，该协议自动废止。瞅着10天的酬金高达5千，苏百合怀疑是圈套，再三劝楚宁别签。楚宁苦笑着叹口气，还是签下了名字。从忧郁男的眼神中完全能看得出，如果不乖乖照做，你们谁也别想离开！

当晚，楚宁和苏百合坐在了小雅的病床前。忧郁男神情忧郁，苦闷道来：半年前，小雅走马灯似的参加各种相亲活动。一天晚上，她又去相亲，半路上遭遇拍砖抢劫，被击中后脑变成了现在这个样子。医生称，不是没有苏醒的可能，但几率非常低，建议放弃。忧郁男瞪着一双血红的眼睛，当场将医生骂了个狗血喷头：就算有万分之一的希望，我也要救醒她！思来想去，忧郁男的脑子里居然蹦出个离奇古怪的念头：小雅热衷相亲，只要碰上心仪的爱人，她一定会醒。

这简直是浑蛋逻辑，比天方夜谭还不靠谱。苏百合张口要嚷，楚宁忙劝住她，看向忧郁男："我答应你好好陪她，但你也必须答应我两个条件。第一，不准伤害百合；第二，10天期满，马上放我们走。"

"放心吧，我会好好招待你们的。前提是，你不要让我失望。"忧郁男定定地看着躺在床上一动不动的小雅发了阵子呆，掉头走了。按协议规定，除了睡觉和吃饭，楚宁都要陪着小雅，和她说话，逗她开心。如果能在约定期限内唤醒小雅，薪酬翻番。尽管如此，苏百合还是心慌得要命。适才，她分明瞅到忧郁男的眼底倏地掠过一丝不易觉察的冷光！

第二天，苏百合和楚宁又去了小雅的房间。关紧门，苏百合压低声音说："木头，我们逃吧。"

楚宁给小雅掖掖被角，回道："往哪儿逃？这是啥地方我们都不知道。再说，我跟人家签了协议，人家又没难为我们，反悔不好吧？"

"叫你木头，真没冤枉你！"苏百合抢过话茬，说："昨晚我去卫生间，发现有一扇小窗户，咱们跳窗走。"楚宁一听，连连摇头："我问过了，这儿是地下室，负一层。我们要往外跳，到达的只能是第十八层！"

十八层？不去。无路可逃，只能认命。捱到中午，忧郁男派人送来丰盛的午餐，苏百合刚要吃，却被楚宁抢了先。苏百合明白了，楚宁担心有毒。整整一天，不论喝水还是吃饭，楚宁都会抢在前面，甚至去卫生间他都要守在门口。转眼捱到第9天，谁能相信，奇迹竟然发生了——当忧郁男走进房间时，小雅的手指轻微地抖动了两下！

"小雅，小雅，你醒了？"忧郁男"扑通"跪在床边，握着小雅的手激动地大叫。然而，小雅再无任何反应。

“喂，我们约定的时限快到了，你不会强留我们吧？”苏百合问。忧郁男霍地站起，声音冷得像冰：“对不起，我改主意了。你可以走，但他必须留下！”苏百合惊问：“喂，你是不是爷们？怎能说话不算数？为什么？”

忧郁男冷哼：“因为，前前后后我请了那么多男人，只有他能让小雅动一下。我坚信，他就是小雅喜欢的人！”

四、打死不说我爱你

原来，忧郁男走进蓉蓉的玫瑰园，真实用意是为小雅物色相亲对象。在此之前，他曾用这种另类方式“雇请”来不少年轻男子，帅气阳光型的，奶油小生型的，高大强壮型的，结果无一奏效。这回碰上楚宁，眼见有了希望，又怎能放弃？更糟糕的是，等小雅醒来，如果小雅的确相中了楚宁，他还会成全他们的好事。

这不胡说八道乱弹琴、强人所难拉郎配吗？苏百合气哼哼叫嚷：“如果她永远不醒呢？”

忧郁男沉默片刻，带着股子狠劲回道：“很好办，那就让他永远陪下去！”

话音未落，苏百合突然“咯咯”大笑：“喂，你肩膀上扛的是木头疙瘩，是秤砣吧？来，姐给你讲个故事开开窍。木头，你也坐下听听！”

苏百合讲的故事是桩真事，电视和报纸都报道过。前些日子，有个人身患重病成了植物人，大夫也建议他们放弃治疗。但他的儿女突发奇想，天天在他耳边念叨：爹，你醒醒吧，隔壁打麻将三缺一，就差你了。你不去，人家凑不上局。念叨来念叨去，病人真的醒了。喂，楚宁是我男朋友，我没那么大度，绝不准他和别的女孩卿卿我我，喁喁私语。木头脑袋，想知道我让他跟小雅说的是什么吗？

忧郁男愣眉愣眼：“是什么？”

苏百合一字一顿地回道：“你，爱，她！”

苏百合说的是实话。经过几天接触，苏百合发现忧郁男和楚宁是一号主儿。楚宁爱她，却从不肯大声说出口。同样，忧郁男也深爱着小雅，只要小雅幸福，哪怕做不成自己的新娘，他也甘愿付出一切，甚至包括放弃继承偌大的家业。可你想从他嘴巴里掏出那三个字：我爱你，绝对比登天都难。于是，她一遍遍跟小雅说：小雅，真正爱你的是那个浑蛋忧郁男，不是这根木头。请你相信我，除了那个一根筋的浑蛋，在这个世上你再也找不到第二个像他那样爱你的男人。

“你，你骂我是浑蛋?”忧郁男登时阴了脸。

“你不光是个浑蛋，还是个傻瓜，十足的大傻瓜。”苏百合嘎嘣溜脆回道：“既然你不放他走，那我也不走了。接下来，我和你签霸王协议：小雅啥时醒，我们啥时走。但你必须按照我说的做：从早到晚，你必须跟她说上一千遍我爱你。”

我爱你，我爱你，我爱你……

许是机缘巧合，也许是情动上苍，三天后，小雅奇迹般悠悠醒转！忧郁男这个堂堂三尺男儿，竟抱着她又哭又笑，涕泪横飞：“小雅，我爱你，我爱你——”

听听，跟卡碟似的还没完没了了。苏百合扯扯楚宁，悄悄躲出房间，红着眼圈抱住了楚宁：“木头，我告诉你个秘密——”

苏百合想说，我生气惩罚你，去相亲见的那些优质男、多金男和帅哥都是狗屁，假的，我只想逼你说一句我爱你。你要不信，可以去问蓉蓉。可话未出口，同样满眼泪光的楚宁却狠命吻住了她的小嘴，紧接着从口袋里掏出一枚戒指，单膝一沉落了地：“那天迟到，其实我是去买它，想向你求婚。百合，你就恩准吧。”

木头人就是木头人，打死不说我爱你。苏百合嗔怪地骂了声“木头”，含泪笑了：“姐愿意……”

宋春天的春之舞

市电视台新推出一档娱乐节目，叫“舞林争霸赛”。我是科班出身，领导让我负责参赛选手的选拔工作。这天傍晚，一走出电视台大楼，我便隐隐觉出有点不对劲：有人在躲躲闪闪地跟踪我，而且是个女子！

说实话，这段日子，我没少和跟踪客打交道。因为这个节目的赞助商有实力，奖金设置格外丰厚，单月冠军就有近万元奖励。当然，相当多的选手，特别是女孩子压根不是冲着钱来的——若能喊哩喀喳地杀入年度决赛，赞助商会进行包装宣传，没准儿就能红得一塌糊涂。

走到街角，余光一扫，只见那个女子拐了弯。刚要松口气，一个看上去约摸有40岁的中年男子冷不丁地立在了我面前，赔着笑怯怯地问：“您是夏老师吧？”

我姓夏，叫夏松。不等我点完头，中年男子忙掏出一沓资料，恭恭敬敬递来：“我叫宋大川，想报名参赛——”

“你多大了？”我没有接，笑着打断了他。

这次赛事，对选手的年龄做了明确规定：16岁以上，30岁以下。从节目开播到现在，我已查出多个谎报年龄的选手，甚至有些家长也跟着添乱，在户口本上做手脚。眼下，不用看资料，只看长相，我就能断定这个叫宋大川的男子明显超龄。

许是瞅到我笑得别有意味，宋大川猛地拍了下脑门，从资料里抽出张照片：“夏老师，我说走嘴了，我是给女儿报名的。你看，这是我女儿宋春天，上个月刚过完16岁生日。”

原来是给女儿报名的。照片上的女孩身材不错，也很可爱，正嘟着小嘴在扮鬼脸。

看过照片，为了避嫌，我仍没接报名资料，说："宋先生，咱按正常程序走，你明天送到栏目组。只要选手符合条件，就能参加预选赛。"

"真的？你是说我女儿也能上舞台了？"宋大川眼前一亮，变魔术般从墙角拎出一只布袋："太谢谢你了夏老师。这是我自家养殖的黑木耳、蘑菇，你一定得收下——"

吃人家的嘴短，拿人家的手短，这个道理，我懂。可宋大川硬往我的怀里一塞，转身跑远。看他那几步跑，似乎还有点踮脚。没办法，我只好拿回家，准备明天再还回去。不料，第二天早晨下楼锻炼，我一眼就看到宋大川缩在街角，屁股下垫着张纸壳，脑袋枕着膝盖呼呼哈哈睡得正香。

莫非，他在这儿蹲了一宿？我满心纳闷地走上前，叫醒了他："宋先生，你……没走？""没，没，哦，我没事。"宋大川揉揉睡眼，慌忙站起："夏老师，我还有件事想问问你，舞伴有……有说法吗？"

这个没具体要求。如果选手找不到合适的舞伴，栏目组还会帮忙搭配。解释完，我问："你女儿怎么没和你一起来？她都会跳什么舞？"

宋大川嘎巴嘎巴嘴，一脸的难为情："不瞒夏老师，我是林甸镇的，家里条件不好。不说这些，还是说说我女儿吧。春天打小就喜欢跳舞，转圈舞跳得可棒了。真的，邻居们都说，春天一定能跳出大名堂——"

转圈舞？知道拉丁、伦巴，也知道肚皮舞、街舞，至于这个转圈舞，我还真没听说过。见宋大川眉飞色舞说个没完没了，样子像极了他的女儿已经技压群芳夺了魁，我不觉有些烦。林甸镇我去过，穷山恶水，十年九旱，百姓的日子过得不富裕，可再穷也不能拿孩子当摇钱树啊。心下想着，我拦住了宋大川的话茬："这样吧，资料我收下，下周一你带女儿到电视台填表。要没问题，当天就参加第一轮预选。"

宋大川又是一通道谢，乐颠颠地走了。

转眼到了周一早晨，刚到电视台还没进门，我就听到有人喊我。循声找去，是宋大川。宋大川一手提着个大包裹，一手牵着照片上的女孩，跑得气喘吁吁。更让我始料不及、大跌眼镜的是，他的女儿宋春天走路摇摇摆摆，嘟着小嘴也非扮鬼脸，而是就那样：非常典型的脑瘫儿！

"喂，你开什么玩笑？病人是不能参加比赛的！"我顿觉受了愚弄，没好气地质问。没想到，宋大川也瞪了眼，嗓门比我还高："夏老师，春天没病。你好好瞅瞅，她没病！"

她没病，那就是你有病！我懒得和他纠缠，抬腿要走，宋大川却拽着我走到一旁，低声苦求："夏老师，对不住了。没人的时候你打我骂我都成，可当着春天的面，我求你别说她有病，行吗？"

瞅着宋大川可怜巴巴的眼神，我的心倏地疼了一下，耐着性子说："比赛有规定，参赛选手必须身体健康——"

"夏老师，春天她很健康，爱说爱笑，还能帮我干家务，真的。"宋大川像抓住救命稻草般死死握着我的手不放，沙哑着嗓音道出了参赛的原委：春天一生下来就是个脑瘫儿，街坊邻居们都劝他扔了算了，他没听。为了给春天治病，家里的积蓄花光了，还欠下一大笔外债。妻子受不了苦，狠心走了，是他一个人将春天拉扯大的。他发现，春天站不稳，可特别喜欢跳舞。于是，他买来舞曲光盘，让春天跟着学。这一学就是十多年，一天都没耽误过。

听到这儿，我问："宋先生，你能告诉我，为什么非要带春天来参赛吗？"

当下，很多节目都靠煽情提高收视率。对这种揭伤疤赚眼球的做法，我一点儿都不感冒。如果宋大川也想用女儿的不幸赚取同情，对不起，请便。孰料，宋大川嘎嘣溜脆地回道："我要让春天知道，她不光长得漂亮，舞跳得也好。"

没错，跳得不好，哪能上舞台？和同事商量一番，我决定破把例，让春天参加选拔赛。可一做出这个决定，麻烦又来了——整个节目组居然找不到一个合适的舞伴。原因非常简单，根本没人会跳什么转圈舞！

实在没辙，我只好征求宋大川的意见，打算让宋春天来一支独舞。宋大川一听，脑袋当即摇成了拨浪鼓："夏老师，还是我来吧。在家里，春天每次跳舞都是我陪着她。"

你？我惊讶得叫出了声："你能行吗？"

话一出口，才知多余。难怪那天宋大川会问舞伴有没有要求，看得出，别人给春天做舞伴，他还一百个不放心。春天腿脚发软，一不留神就会栽倒。舞伴要笑话她，定会伤了她的自尊。而父亲不会，父亲永远都不会笑话自己的女儿。

好，就你了。我冲灯光师、音响师和摄像师发出了指令：全心投入，有请宋春天登场！

随着轻柔的音乐响起，宋大川扶着女儿慢慢走上舞台，冲着我和同事腼腆地鞠了个躬后，开始转圈，不停地转圈，动作几乎没有任何亮点。尽管只是重复地旋转，可宋大川每转一圈都非常小心，生怕踩着女儿的脚。灯光师将灯柱打到宋大川的脸上，包括我在内的每一个人都看得真真切切，他的眼圈里亮亮的。那是一个父亲的骄傲，一个父亲的幸福。

“哎哟——”

突然，意外发生了，许是舞台太滑，满脸陶醉的宋春天冷不丁地脚下一歪，身子瞬间失去重心，趔趔趄趄地就要摔倒。宋大川也慌了神，赶忙去扶。一时没站稳，“啪叽”摔了个腚墩。不过在跌倒的同时，他紧紧地抱住了春天。

“夏老师，都是我不小心，是我没用，不关春天的事。你们都看到了，春天跳得很棒。求你们了，让我们再来一遍，好吗？”宋大川半坐在舞台上，急得脑门直冒汗。

如此简单的请求，我没有理由不答应。很快，宋大川吃力地站起，牵着女儿继续转。转着转着，春天一头扎进宋大川的怀里，泪光莹莹：“爸，谢谢你带我来跳舞。我知道，我能行，一定能行……”

预选赛结束，宋春天的比赛之路也到此结束。目送他们相互搀扶着走出电视台大楼，我灵光一现，冲刻录师喊：“快，马上做一套宋春天的比赛光盘。标签上要表明：宋春天的春天之舞。”

十几分钟后，我扬着光盘追了出去：“宋先生，宋春天，请等一下——”

宋大川听到了，踮着脚跑来。由于跑得太急，在踏上台阶时又摔了个跟头。谁能相信，他的左腿竟然脱了节，横飞出去——

那是一条劣质的假肢！

插柳村的爱情

一

当天色黑下来时，听到枪炮声渐渐远去，乔榛才哆哆嗦嗦钻出了隐藏在墙角的菜窖。

门板砸了，柴垛烧了，鸡鸭也一只没剩。望着被折腾得七零八落的院子发了阵呆，乔榛禁不住浑身一激灵，猛地扑向散发着焦煳气味的东厢房："先生，先生——"

乔榛哭喊的先生，是昨天刚娶了她的男人赵永志。东厢房是他们的新房。就在今早，插柳村外突然枪声大作。不等村民们想明白怎么回事，凶神恶煞般的鬼子来了。透过门缝看到鬼子无恶不作，乔榛当场吓得双腿发软不听使唤。好在赵永志反应快，一把将她推进菜窖封盖了个严严实实。后来，她隐约听见院子里鸡飞狗跳，乱作一团。

满地狼藉的新房里，没人。乔榛抬腿正要去街上找，一个敦实的车轴汉子冷不丁地出现在面前。

"黑牛，瞧你鬼头鬼脑的，想吓死我啊？"乔榛吓了一大跳，很快认出车轴汉子是吃百家饭、穿百家衣长大的黑牛。黑牛拦住乔榛，瓮声瓮气地说："不准你出门！"

乔榛不由一怔："为啥？鬼子不是走了吗？我要去找我先生。"

"赵先生他……他——"

"你说啊，我先生他怎么了？你让开啊！"见黑牛吞吞吐吐，乔榛的心一下子提溜到嗓子眼里，用力搡开黑牛跑出了院。刚出门，脚下就绊上柴捆摔了个跟头。

不是柴捆，是死人。满街都是死人！乔榛“啊”的一声惊叫，慌张奔回院子扎进了黑牛的怀里：“黑……黑牛，死人……”

“乔榛，插柳村没人了。要不，你也走吧。”黑牛抱着乔榛不停颤抖的身子，说。乔榛一听，急忙挣开：“我不走。我先生让我在家等他，他不会扔下我不管的。”

沉默半晌，黑牛指指东厢房，示意乔榛回屋，接着挡住院门，掉头走了。第二天一早，乔榛强按着怦怦心跳上了街。四下望去，街面已被收拾得干干净净，淌过血的地方也撒上了一层新土。尽管如此，整条街静得还是让人骨子里发毛。想到黑牛昨晚说的话，乔榛小心地推开了隔壁宋婶的院门。

颤声招呼了两遍，没人应声。乔榛没敢进，又走向下一家。一直走到村口，却只瞄见一个人：黑牛。黑牛正光着膀子，在野地里闷头挖坑。

“黑牛，你没走？”乔榛凑了过去。看得出，黑牛整夜都在忙，眼睛里满是血丝，手掌也磨出了血。听到询问，黑牛顿时像个孩子似的呜呜大哭：“我是他们养大的。我要走了，谁来照顾他们啊？”

顺着黑牛的手指看去，乔榛惊呆了——庄稼地里，一夜之间堆出了大大小小几十个新坟！

“黑牛，看没看到我先生？”乔榛跌跌撞撞地冲向坟包，挨个查看。

“乔榛，别找了，这里面没赵先生。”黑牛欲言又止：“他，他……”

乔榛急了，扯着嗓门催问：“他在哪儿？你快告诉我啊！”

“他，他跟古家二小姐跑了——”

古家二小姐叫古梅，和赵永志同在村学堂教书。黑牛说，鬼子杀进村时，藏在柴草垛里的他瞅见赵永志翻出院墙，拉着古梅跑向村外。听到这儿，乔榛沿着两人跑走的方向找出了足有十多里地，却连半丝人影都没找到……

二

插柳村本就不大，老老少少全算上也不过百余口人。鬼子一走一过，没来得及逃的全遭了毒手。等黑牛埋完最后一个遇害乡亲，插柳村平添了七十多座新坟，整个村子也只剩下乔榛和黑牛两个人。乔榛每天都去村口等，眼巴巴地盼着赵永志回来；黑牛则握着根手腕粗的铁棍，不远不近地跟着。

这天，乔榛又走向村外。黑牛赶忙跟上，吭吭哧哧：“乔榛，别去了。赵先生他不会回来了——”

“我不信，他会回来的。就算等一辈子我也要等！”乔榛硬邦邦地打断了黑牛。在嫁给赵永志前，村里曾有人传闲话，说古梅经常找赵永志，关着门一嘀咕就是好半天。乔榛没念过书，和赵永志也只在宋婶的介绍下见过一面，但她相信自己的眼光：先生不是那种不正经的男人。不然，她也不会嫁给无父无母、借住在人家东厢房里的他。

黑牛再不多言，将铁棍别进后腰，三下两下爬上长在路口的那棵大柳树，把风。转眼又过了大半年，赵永志仍旧毫无音讯，乔榛却显了怀，走路也变得格外吃力。更糟糕的是，一天傍晚，乔榛挺着大肚子刚要去村口，就见黑牛大步噔噔地闯进了院。

“黑牛，是不是我先生回来了？”乔榛急忙迎上。

黑牛顾不上喘匀气，弯腰抱起乔榛直奔墙角的菜窖：“我看见鬼子了。你快藏好，别出声，我去把他们引开！”

掩好窖口，黑牛爬上了院墙。眨眼工夫，院子里便响起了杂乱的脚步声。乔榛心惊肉跳地从窖盖的缝隙望出去，只见三五个鬼子端着枪，到处乱戳。眼瞅要搜到菜窖跟前，黑牛忽又从墙外探出头，边骂娘边朝鬼子撇瓦块。鬼子叽里呱啦一通喊叫，紧跟着追去。

黑牛，你快点跑，别让这帮畜生追上你。乔榛在心里喊。恰恰这时，几声沉闷的枪响撞入了耳鼓。

黑牛，求你千万别出事。啊——

许是受惊动了胎气，乔榛顿觉腹疼难忍叫出了声。不好，孩子要出生了！乔榛一咬牙，撕下块布条塞住了嘴巴……

约摸半个时辰后，窖盖被揭开。是黑牛！乔榛指指身下，气息奄奄地喊：“快，快，快拍孩子的脚心——”

喊声未落，“咕咚”，黑牛一头扎进菜窖，昏死过去。乔榛看得真真切切，黑牛的腿上血污一片……

三

乔榛生下的是个男孩，胖乎乎的，很可爱。为了引开鬼子，黑牛右腿被子弹击穿，成了瘸子。转过年，插柳村陆陆续续回来了几个人，其中有古梅的父母和弟弟。还和往常一样，乔榛抱着儿子守在村口，见人就问：你见过我先生吗？他叫赵永志。你们看，这是他儿子，念志。

念志。这名字叫着顺口，好听。黑牛一瘸一拐地跟在乔榛身后，翻来覆去地咂么乔榛给孩子起的名：念志，想念的自然是赵永志。世上的事还真架不住念叨，在念志满两周岁那天，好消息终于传了来：有个逃难的乡亲在克山城碰上了赵永志。赵永志托他给乔榛捎来了话，等世道太平了，他就回插柳村看她。

“黑牛，你听见了吧？我先生他好好的，很快就回来了。”乔榛惊喜地眼泪直流：“你领念志玩，我这就收拾屋子去。”

“唔。”黑牛应了，蹲身驮起念志去了村外，怔怔地瞅着那座座坟冢出神。念志稚声问：“黑牛叔，他们都是谁呀？”

“他们都是黑牛叔的亲人。有爷爷奶奶，大伯大婶，还有兄弟姐妹——”

正说着，乔榛匆匆跑来，红着脸颊说：“黑牛，我想和你商量件事。我先生是教书先生，礼数多——”

“我知道，我一会儿就搬。”黑牛虽长得粗实，憨厚，可也明白乔榛的心思。自打鬼子屠村后，黑牛就搬进了隔壁宋婶的空房。那些日子，村里死寂得瘆人，黑牛就敲墙：乔榛，咱插柳村都是好人，别怕。赶上刮风下雨，乔榛吓得睡不着，黑牛索性守在院门口，一站就是一整夜。如今，赵永志要回来了，为了避嫌，他得搬走。当晚，黑牛在村外离那一座座坟冢没多远的地方搭了间窝棚。乔榛有些过意不去，帮着铺了炕，问：“黑牛，你为啥不走，为啥对我这么好？”

黑牛看了眼坟冢，没吱声。那年，7 岁的他逃荒逃到插柳村时病倒在路边的柴垛里。要不是乔榛发现了他，喊来乡亲把他背回村，喂药喂饭，他早冻死饿死了。做人不能忘本，他要日夜守着乡亲们，逢年过节为他们烧点纸，添几锹土。

“黑牛，等遇到好人家的姑娘，我给你做媒。”乔榛接着说。黑牛脸红了，支支吾吾：“你……真信赵先生能回来？”

“嗯，我信他。”乔榛说得很坚决。果不其然，这年初秋，鬼子一投降，赵永志就回到了插柳村。可让乔榛做梦都没想到，和他一起回来的还有古家二小姐古梅。古梅挺着个大肚子，一进门就跪倒在地，哭求乔榛原谅。一时间，乔榛犹如五雷轰顶，懵了。

“乔榛，对不起，我，我——”

“你走，你们走啊！我再不想看到你们！”乔榛没听赵永志的解释，发疯般将两人轰出了院。等她哭够了，哭哑了嗓子打开门时，门外只戳着黑牛。黑牛嘎巴嘎巴嘴，说：“他俩走了——”

“你也走！我谁也不想见！”乔榛抱着念志，泪花扑簌簌地流满了脸……

四

和赵永志成婚那年，乔榛才17岁。一夜洞房，有了念志，生离死别多年，谁想苦等苦盼来的却是这样一个结果。黑牛想说，他几次见过赵永志和古梅手拉手，可话到嘴边又改了口：“乔榛，日子还长着呢，你打算咋办？”

还能咋办？一天天过呗。有念志，就有奔头。说完，乔榛扛起锄头，牵着念志下了地。仿佛只是一晃，两年过去。这天半夜，一个人影鬼鬼祟祟摸进插柳村，悄悄攀上了乔榛家的墙头。抬腿正要跳，忽觉脑后生风。

是黑牛。黑牛挥起木棍，砸向黑影的后脑勺。黑影躲闪不及，骨骨碌碌摔进了院内。乔榛被惊醒了，抱紧念志惶惶地问：“谁？”

“一个贼。”门外，传来黑牛的动静。不料，黑影低声喊：“是乔榛嫂子吧？我找你有要紧事。”

的确是要紧事。进了屋，来人揉揉后脑勺，道出了一个令人难以置信的事实——原来，赵永志是共产党，在插柳村以教书先生的身份做掩护，暗中搜集情报。出身地主家庭的古梅也是他们的同志，赵永志搞到的情报都由她电传组织。鬼子屠村的第二天，两人又接到新任务，以夫妻的名义在克山城潜伏下来。抗日胜利后，因古梅的大哥在国民党内任要职，组织又让两人借这层关系加入国民党，继续做情报工作。那次回插柳村，古梅假扮怀孕，是做给她父亲看的。正是她父亲写给她大哥的一封信，省去了不少麻烦。

听到这儿，乔榛急急插话：“你是说，他们是……是假夫妻？”

“以前是。后来，后来不是了。”来人迟疑地说：“我这次来，是想请你帮忙照顾他们的孩子。”

什么？赵永志抛弃了我，却让我照顾他们的孩子！乔榛紧咬嘴唇，沉默不语。

“不久前，他们俩身份暴露，全被逮捕，组织上正在想办法营救。赵永志同志被捕前说过，你是个好女人，好母亲，他对不起你。如果他和古梅同志出了事，就把孩子送回插柳村——”

在那样险恶的环境里工作，朝夕相处，难免生情。不管赵永志做的是对是错，可孩子是无辜的。乔榛擦擦眼泪，抬起了头：“别说了，孩子呢?”

“我把他藏在村口了。是个女孩，叫念榛——”

念榛？乔榛一听，泪水流得更欢：“黑牛，你快去找孩子，找念榛!”

收养了念榛没多久，黑牛去了趟克山城，带回一个不幸的消息：在集体越狱时，古梅替赵永志挡了子弹，英勇牺牲，赵永志也受了重伤，下落不明。

我先生不会有事的，他一定会回来的。就算不为我，为了念志念榛他也会回来的！乔榛拉住黑牛的手，一再央求：“黑牛，求你多往克山城跑着点。碰到我先生，就把他拽回家看看孩子，看看念榛念志……”

五

转眼6年过去，听说大半个中国都解放了，赵永志始终杳无音讯。又苦捱了8年，依旧没等到赵永志的乔榛一病不起。弥留之际，她让念榛念志出了屋，只留下了黑牛。

乔榛有好多的话要对黑牛说：鬼子杀来那天，黑牛不准她出门，是怕满街的尸首吓着她；隔壁住着，黑牛从没在夜里睡过觉；为了引开鬼子，他故意跑得慢，腿上才挨了枪；家里有了两个孩子，黑牛宁肯吃糠咽菜也要节省粮食……她懂黑牛的心思，可时间已经不多，来不及说了。乔榛满眼感激地看着黑牛，抬手想摸摸他的脸，伸到半空却又垂了下去：“黑牛，下辈子……”

插柳村外的野地里，又多了一座新坟。

后来，念榛念志长大成人，先后离开插柳村在城里安家落户。这年清明，两兄妹回村给母亲扫墓，打算把母亲的坟起走。黑牛瘸瘸拐拐地走出窝棚，拦下了他们：“不行。你娘说过，这辈子，她要在插柳村等你爹回来。”

“我们也一直在找爹。听人说，我爹越狱时好像头部中枪，可能想不起插柳村了。”念志说：“黑叔，那你跟我们走吧，我们会好好照顾你。”

“我不走，我要陪着他们。他们都是我的亲人。”腰身日渐佝偻的黑牛摇摇头，眯眼望着一座座由他修起的坟冢，目光最后落在了乔榛的墓碑上，幸福的笑意瞬间溢满了脸，像是在自言自语：“我也在等，等下辈子……”

苏珊的檀香木梳

18 岁的苏珊住在易北河畔一个叫马格德堡的小镇上。从读小学时起，苏珊就有个美好的愿望——考进弗赖堡大学。弗赖堡大学久负盛名，是德国 9 所“精英大学”之一。谁想，苏珊的高考成绩并不理想，美梦随之破碎。

看着苏珊整天把自己关在黑屋子里，身材瘦削的父亲弗雷德坐不住了，像个孩子似的畏畏缩缩地敲响了门板：“苏珊，没关系的。你可以读马格德堡大学的医学部——”

马格德堡大学医学部距离苏珊的家很近，只有两公里。话音未落，苏珊冷不丁地拉开门，大喊大叫：“考不上弗赖堡，都怪你，怪你！虽然你是我爸爸，可我照样讨厌你！”

苏珊的喊叫理直气壮。因为从小到大，父亲的心思就没放在她身上。不关心她的学习也就罢了，还时常吆喝她做家务，清扫农场的羊圈。要能考出好成绩，上帝都不信！

仿佛一转眼，3 年过去，苏珊顺利结业，与 25 名学生一起被医学部推荐到城郊的精神病院实习。得此消息，苏珊惊呆了，大声质问：“上帝，让我们在精神病院就业，这太不可思议了吧？”而更不可思议的是，负责人说，眼下就业形势严峻，3 个月实习期满，也只能从你们中间留两名。两名，听懂没有？

25 人取 2 名，还不足十分之一！

接下来，实习生们被分成 5 个组，分别由一名护士长带着护理精神病人。带苏珊的是个中年女人，叫欧拉。欧拉态度冷淡，直接带她们去看了要照顾的对象：女疯子夏洛特。病历档案上称，三年前的暑假，夏洛特去接上大学的女儿莉亚回家。在街口，女儿看到了她，欣喜跑来。不料，一辆轿车斜刺里冲出……灾难瞬间发生，夏洛特眼睁睁地看着女儿被撞得飞起来。女儿走后，她患上了重度精神分裂症，攻击欲望非常强。

很快，三天过去。这天早晨，欧拉走进苏珊的房间，不冷不热地问："苏珊小姐，你还不打算离开？"

也难怪，短短两天，就有一半实习生哭啼啼打道回府，苏珊所在小组的5名成员也已走了两个。昨天中午，她们两个负责监护夏洛特吃饭。一眼没照看到，夏洛特疯性大发，抓起米饭捂了她们一脸。这且不算，夏洛特还嘻嘻哈哈地追赶，非要脱她们的裤子！

苏珊直视着欧拉，以同样的口吻回道："我会留到最后，你信吗？"

欧拉微微一怔，说："但愿如此。我在这儿工作了12年，每年都要带实习生，能坚持下来的没几个。对了，该放风了，你带夏洛特去院子里走走。记住，离她远点，千万别激怒她。"

苏珊天性要强，喜欢我行我素。她没有听欧拉的话，板着脸命令夏洛特坐下。夏洛特发了阵子呆，猛地张开双臂要和苏珊来个"熊抱"。苏珊吓坏了，惊声呼救。几个身强力壮的保安迅速冲来，三下两下就制服了夏洛特。

夏洛特发病了，哭叫着掀翻桌子，用头撞墙，样子很是骇人。费了好大劲，欧拉才给夏洛特注射了大剂量的镇静剂。等她沉沉睡去，苏珊照照镜子，不禁哑然失笑——挺翘的鼻梁被夏洛特抓出了血痕，头发也被扯掉一绺，生生地疼。

该死，等找个机会，看我怎么收拾你。苏珊掏出一把檀香木梳，整理凌乱的长丝。这把檀香木梳是奶奶去世前留给她的。奶奶说：梳子代表健康，轻轻一梳，能梳掉所有的烦恼，打开心结，梳出自信和快乐。

实习了半个月，同来的25名同学只剩下了8人。天天和疯子相伴，稍不留神就会挨打挨骂，也真难为了这些十八九岁的漂亮小姑娘。等到一个月期满，苏珊所在的小组只剩下了她自己，而夏洛特的病情不仅不见好，还多了项毛病——每到吃饭，她都偷偷往怀里藏东西。这天中午就餐，她又抓起两个鸡蛋，飞快地往怀里塞。这一幕，恰被苏珊看到，急忙上前制止。谁想，夏洛特抄起盘子，重重砸向苏珊的额头！

在医务室简单包扎了一下，苏珊气得发疯，正想去找夏洛特算账，一个人突然出现在面前。

是父亲弗雷德。父亲诺诺地说："苏珊，我来看看你，你还好吧？"

苏珊满肚子火气，张口就要大嚷，可话到嘴边又咽了回去。才分开一个月，父亲看上去愈显苍老，脸上的皱纹如刀刻般深。愣怔间，父亲笑了："刚才，我听欧拉护士长说了你照看病人的事。苏珊，其实疯子也是人，平时多握握她的手，多给她洗洗脸，梳梳头。她会少给你添乱的。"

父亲话不多，拥抱了一下苏珊，转身走了。此后，苏珊多留了份神，故意让夏洛特偷饭成功。夏洛特高兴不已，一回到房间就从被褥下翻出张照片，那是几天前她丈夫探视时留下的她女儿的照片。夏洛特小心翼翼地捏起米饭，一粒一粒往女儿的嘴里塞："莉亚，饿了吧？看，妈妈给你带饭来了——"

看着看着，苏珊不觉心头一酸。原来，人疯，爱未疯啊！

又过了两天，苏珊带夏洛特去放风。走到无人处，夏洛特故态复萌，用力将苏珊扑倒在地，不管不顾地撕扯她的衣服。这次，苏珊没有喊叫，也没有抗拒，而是顺从地配合她脱下外衣。令人难以置信的是，夏洛特呵呵地笑，伸出手指在地上画了个脸盆，接着认认真真地搓洗："莉亚，妈妈爱你。妈妈会把你的衣服洗得干干净净，把你打扮得像天使一样美丽……"

"我也爱你。"苏珊轻声应着，掏出那把奶奶留下的檀香木梳给夏洛特梳头。夏洛特很是温顺，一脸笑意。梳着梳着，苏珊禁不住泪眼婆娑。泪光中，苏珊看到了母亲，还有父亲。苏珊的母亲也是个精神病人，疯起来比夏洛特还要吓人，砸玻璃，摔家具，甚至还拿刀乱砍。可父亲从没骂过她，打过她，依旧天天给她洗脚、梳头，带她去农场散步。无论走到哪儿，都要牵着她的手……

三个月实习期满，苏珊非常荣幸地留在了精神病院做护士。护士长欧拉欣慰地笑了，在苏珊的实习报告上如此写道："懂得感恩，懂得用爱去温暖失爱的心，苏珊同学就是上帝派来的天使。"

上帝派天使来拯救你

不知何时，纳尔奇克小镇的枣椰巷口来了个鞋匠，由于价格便宜，生意做得还不错。只是鞋匠看上去有些怪，一天到晚只知道埋头缝补，难得听他说一句话，以致很长一段时间，居民们都以为他是个哑巴。

一天早晨，天空零零星星地飘起了雪花。鞋匠照常出摊，刚架好机器，一个女人走出巷子，脱下左脚穿的鞋子让他帮忙粘一下鞋跟。

这个女人叫阿杰莉娜，穿着虽然不新但很整洁，手里还提着个鼓鼓的包裹，看样子是要出远门。鞋匠没有多言，拎起锤子敲了两下，一根钉子便将鞋跟固定上了。

“谢谢师傅，多少钱？”阿杰莉娜刚掏出钱包，一个小伙子突然跳出，抢过包裹就逃。鞋匠的动作也不慢，抬脚踢了小偷儿一个跟头。包裹脱手飞出，里面的东西洒落满地。

很快，一本装帧精美的相册映入了鞋匠的眼底。那里面，装的应该是她和丈夫结婚时拍的照片。

“我叫阿杰莉娜，就住在枣椰巷28号。以后有事，随时可以找我。”阿杰莉娜连声道谢，随后拦住了一辆的士。出人意料的是，鞋匠也上了车，说：“去梅日戈耶镇。”

真巧，阿杰莉娜要去的地方，恰是梅日戈耶镇！

从纳尔奇克镇到梅日戈耶镇，大约有80里地，途中要翻过一道山岭，当地人管这道岭叫野狼岭。半个小时后，车到岭前，风越刮越猛，雪越下越大，司机踩了刹车，无奈地表示风雪太大，只能送到这儿。要么，我们一起返回。

鞋匠没有应声。阿杰莉娜有急事，决定步行。一推开车门，猛烈的风雪便呛得她咳嗽不停。鞋匠走来，抓过包裹扛上肩，抬腿就走。阿杰莉娜急忙跟上，感激不尽地说："谢谢你，你真是个好人。请问，你去梅日戈耶镇干什么?"

鞋匠要干的，是件非常重要、事关男人尊严的大事。迎着风雪一爬上野狼岭，沉默了一路的鞋匠开口了："你很爱你的丈夫?"

"是的，我丈夫叫尤里，他和你一样是个好人。去年因伤人被判刑，送到了梅日戈耶监狱。"阿杰莉娜停顿了一下，实话实说："几天前，我接到了他的信，他提出离婚，说不想拖累我。我这次带着我们的婚纱照去探监，就是要他打消离婚的念头。不管多苦，我都会等他——"

话未说完，鞋匠忽然哈哈大笑，笑得阿杰莉娜心里阵阵发冷。不等想明白鞋匠为何发笑，就见他手臂一扬，将包裹抛下了谷底。

那里面，有我和丈夫的结婚相册！阿杰莉娜惊声大喊。而她做梦都不会想到，鞋匠又恶狠狠扑来。阿杰莉娜顿时吓坏了，转身要跑，鞋跟再次断了，脚踝也扭伤了！

他用一根钉子应付我，原来是早有预谋，怕我跑掉。阿杰莉娜强忍脚痛，问："你，你要干什么?"

"阿杰莉娜，你不认识我，可我认识你。我叫叶戈尔，是达玛雅的丈夫。现在，你知道我要干什么了吧?"

达玛雅的丈夫？阿杰莉娜恍然大悟，和她结伴同行的竟然是仇家！

去年，她的丈夫尤里刺中了叶戈尔的妻子达玛雅的腹部。达玛雅刚怀孕，一刀下去，孩子没了。一心想做爸爸的叶戈尔为了报仇，便将修鞋摊摆到枣椰巷，等待机会。今天一早，他看到阿杰莉娜换了衣装，当即猜出她是去探监。行到半路，老天又帮了忙，让司机知难而退。一下车，他就盘算好了，只要走进松林就动手。这样的天气在司机眼里是鬼天气，但在他眼里却是千载难逢的好时机。野狼岭不是有狼吗？那太棒了，复仇计划一完成，那狼就会来收拾现场，销毁证据。

"不，叶戈尔，尤里是有罪，但不能全怪他！"看到叶戈尔目露凶光，阿杰莉娜仓皇躲闪，乞求放过她。是的，判决书上写得清清楚楚，当时，尤里在单位主管财务，担任会计的达玛雅做假账，想截留一笔给爱车如命的叶戈尔买车。尤里发现后给了她机会，可达玛雅不死心，借请尤里吃饭认错之机在酒里做了手脚。等尤里醒来，居然看到达玛雅就躺在身边。达玛雅胁迫他合伙，不然就告发他非礼。气愤之下，尤里抓起了水果刀……在案件审理期间，虽然叶戈尔很爱妻子，可还是分了手。因为，他要报复尤里，以泄心头之恨。

如今，机会终于来了！

叶戈尔像发疯的野兽般扑倒了已退到山谷前的阿杰莉娜。阿杰莉娜突然停止挣扎，惊恐地瞪圆了眼睛。

狼，两只野狼出现在了身后！叶戈尔正趴在阿杰莉娜身上撕扯她的衣服，而脚踝处恰恰暴露在狼的眼皮下。其中一只抓住时机，张口咬下。

叶戈尔蒙了。危急之中，阿杰莉娜抱住他的脖子，骨碌碌滚落深谷。翻滚中，叶戈尔感觉到好像撞上了石头，一头昏厥过去……

不知过了多久，叶戈尔悠悠醒转。一睁开眼，便看到了一位漂亮的女护士。

我还活着！叶戈尔吃力地问："这是哪儿?""梅日戈耶镇医院。你已经昏迷一整天了。"护士说，你能活下来，是那个女人，不，是上帝派来的天使救了你。她真了不起，一手握刀吓唬恶狼，一手拖着你往公路上爬。她的脚，伤的可不轻。爬上公路，看到你头部流血，担心冻伤，又解开棉衣把你抱在了怀里。后来，幸亏有辆车经过，才救了你们。司机说，把你们拉进车时，车后跟着一大群狼，比恐怖电影还吓人！

听着听着，叶戈尔着急地问："那女人呢?"

"她的脚冻伤了。可她说有急事，只敷了点药，给你交足治疗费后就走了。"护士指指枕头，说她还留下了一张纸条。

"叶戈尔，我丈夫虽然犯了罪，可他已受到了法律的惩罚。我不能在他最需要关心的时候离开他，因为，我是他的妻子。叶戈尔，忘掉仇恨吧，好好为爱活着……"

一时间，叶戈尔心底愧疚泛滥。我像恶狼一样报复她，可她却抛弃前嫌，冒死救了我。她说的对，人这一生，不能只为仇恨活着。我是达玛雅的丈夫，在她受到伤害时却固执地离开了她。现在，我也该回家好好陪陪她了。

两天后，枣椰巷口的鞋摊不见了。而在枣椰巷 28 号院内，却多了一个包裹。包裹里，是一本插满幸福婚照的相册……

6 号宿舍里的秘密

5 月初的一天，普滕镇所属的市府做出决定，要斥资数十亿欧元，将日渐萧条的老工业基地普滕镇打造成旅游度假胜地。也就是说，居民所住的每一平方米破院都将得到高额补偿。

这，绝对是个天大的好消息。当安德鲁的侄子维斯欣喜若狂地砸响安德鲁的房门，告诉他一夜暴富不再是神话时，安德鲁竟然大为生气，堵在门口冷声质问："谁让你进来的？请你马上滚出去！"

"安德鲁叔叔，这可是上帝的福音，我们该喝一杯香槟好好庆祝庆祝。"维斯喋喋不休。不料，安德鲁愈发激动，抓起花瓶打来："去你的好消息，分明是噩梦！"

安德鲁发狂的样子很吓人，维斯慌忙退出门，咕哝了句"不知好歹的老糊涂"后，悻悻地走了。

安德鲁已年过八旬，的确老了。让维斯纳闷的是，叔叔安德鲁年轻时长相英俊，身材高大，好多女孩子都追过他，可他就像根木头般无动于衷，一直单身生活到现在。而且，这座房子最里面的一间绝不允许任何人踏进半步。每年的这一天，5 月 4 日，他都会把自己反锁在里面，不知在搞什么名堂。不过，维斯并不关心这些，他关心的只是房子。安德鲁时日无多，又无儿无女，大把大把的补偿款理应属于我维斯。

被安德鲁轰出门，维斯走着走着又站住了，心想：安德鲁总骂我游手好闲，不务正业，万一学比尔·盖茨来个裸捐，我岂不是白惦记了？不行，还是早点送他去见上帝，把继承权握在手里比较有把握。打定主意，维斯拨通了哥们罗修的电话：喂，罗修，想发财吗？晚上见！

罗修和维斯一样，是个不折不扣的混混儿。当天半夜，在维斯的授意下，罗修穿上黑袍，装扮成恶魔撒旦的模样翻进院墙，蹑手蹑脚地摸向安德鲁的房间。

老家伙，吓死你5万欧元，吓个半死也值2万，对不住了，你还是死吧。罗修边发狠边举手敲门。可不等触及门板，一只手冷不丁地搭上了肩，沙哑的嗓音随之响起："撒旦先生，你是翻墙进来的吧？"

"谁？"罗修吓得双腿一软，差点瘫坐下去。恰恰此时，说话的人用力一推，罗修一头撞进了房间。借着黯淡的光线仅扫了一眼，罗修顿时惊骇得目眦尽裂，甚至来不及喊出声便昏厥过去……

第二天，由市府相关人员组成的拆迁谈判团走进了安德鲁家，洽谈安置事宜，一同前来的当然少不了维斯。维斯一派男主人的架势，说："我叔叔岁数大，平时很少出门，可能对补偿数额不怎么清楚——"

"闭嘴，我非常清楚。"安德鲁硬邦邦地打断了维斯，看向谈判团团长哈特："这座房子是我买下的，我有权不搬，这不违法吧？"

哈特连连点头，翻开调查表回道："这座房子原本是戈尔德兰省炼钢三厂的工人宿舍，1945年5月4日，大部分厂房和宿舍被炸毁。当时，你是炼钢厂的铸模工人。3年后，炼钢厂彻底废弃，你买下了尚未坍塌的几间宿舍改作民宅，没错吧？"

没错。安德鲁补充说："我买下这4间宿舍时，总共花了350荷兰盾，那可是我全部的积蓄。"

350荷兰盾，换算成欧元还不到两百块，如今连条裤子都买不来。站在一旁的维斯不觉咂舌：60年，房价不知翻了几百倍，老糊涂会开出什么价？显然，这也是哈特最关心的问题："安德鲁先生，我们给出的标准是每平方米2000欧元，您能接受吗？"

"不能。"安德鲁的回答非常干脆："对不起，无论你们出多高的价，我都不会接受——"

话音未落，维斯惊讶地跳起来："叔叔，你疯了吧？这个价已经很理想了！"

"我看疯的是你。"安德鲁冷冰冰地下了逐客令。在起身离开前，哈特留了电话，希望安德鲁再考虑考虑，想通了及时联系。维斯狠狠瞪了安德鲁一眼，那眼神在说：老东西，你该上路了！

转眼一周过去，安德鲁没有上路，维斯却人间蒸发般消失了。接到维斯妻子的报案，当地警方立即展开排查，很快，所有的疑点都集中到安德鲁身上。这天傍晚，当警察闯进安德鲁的家时，头部受伤的安德鲁正背靠着门板，大口大口地喘气。

“安德鲁先生，我们怀疑你与罗修和维斯失踪案有关。”警察出示了搜查证，请安德鲁配合调查。出人意料的是，安德鲁还真配合，抬起手臂指向对面的房间。一推开门，就见维斯手脚被捆，缩在墙角抖个不停，而罗修脸色惨白，一个劲地祷告：不要杀我，不要杀我，是维斯让我来的……

看得出，罗修疯了。警察给维斯松了绑，问是谁干的。维斯满面惊恐，颤声大叫：“是他。他，他是杀人魔鬼，杀了好多人！上帝啊，太可怕了，那间屋子就是魔窟，不，是屠场——”

听着维斯的惊声叫喊，警察纷纷掏枪对准安德鲁，警告他不要轻举妄动。安德鲁似乎早有准备，抓起尖刀抵上脖颈，死死护住了紧闭的房门：“我没有杀人。我要见哈特，拆迁谈判团的哈特先生。如果见不到他，我就死在你们面前！”

在没有得到确凿证据前，有理由答应安德鲁的条件。几分钟后，哈特到了。安德鲁指指镶嵌着标志牌的门框，几个锈迹斑斑的大字映入了哈特的眼底：6 号宿舍。

“哈特先生，恐怕我活不了多久了。在死之前，我想和你谈谈拆迁的事。”安德鲁开了口。哈特回道：“当然可以。这是你的私人房产，你有权提出任何补偿条件。”

“我不需要补偿，我只希望能留下 6 号宿舍。”安德鲁面露哀求之色：“你知道普滕镇惨案吧？”

普滕镇惨案发生在二战期间。一辆纳粹军车在普滕镇遭到袭击，德军当局当即展开报复行动，疯狂烧杀，全镇居民几无幸免。听到这儿，安德鲁禁不住老泪纵横：“我就是那次屠杀中的幸存者。不，幸存的还有汉娜。”说着，安德鲁颤抖着手打开了身后的 6 号宿舍。

放眼望去，一时间，在场的人全惊呆了——室内血迹斑斑，横卧着 6 具血肉模糊、肢体不全的尸体；靠近门板处，两名满脸狂笑的纳粹军人正拖着一个女人要出门。最里侧的木床上，还趴着位满身是血的年轻男子。那个男子的面目，居然像极了安德鲁。

细看之下，哈特和警察看明白了：如此血腥、逼真的场景都是雕刻出来的，每个人物都栩栩如生，宛如活人，罗修深夜闯进，被吓疯当在情理之中。

“我是个铸模师。当时，6 号宿舍就是这样的情景。哦，她叫汉娜。”安德鲁眼神游移，仿佛又回到了当年：德军当局下达屠杀令后，汉娜跑进炼钢三厂，让工人们赶紧逃生。可是，没有人相信她的话。原因很简单，炼钢厂生产的钢材要全部运回德国国内，他们没有理由屠杀为他们劳动的工人。很快，灾难上演了。走投无路中，安德鲁拽着汉娜躲进了 6 号宿舍。德军随即杀进，逼住了安德鲁的 6 名工友。

“他们才是真正的魔鬼。他们问我，汉娜为什么会在这儿，说过什么？我撒了谎，说她是我的女朋友，是来看我的。他们不信，又追问我的工友密立根。密立根说：没错，她是安德鲁的女友。话还没说完，他们就打爆了密立根的头。接着，他们又逼问卡基。卡基也说汉娜是来看我的，什么都没说，他们竟丧心病狂地用军刺割断了卡基的脖子。卡基才 16 岁啊……看着 6 个工友全倒在了这间宿舍里，我不再恐惧，大声说你们把我也杀了吧。”安德鲁指向室内木床上的男子雕像，哽咽失声：“他们把我打得遍体鳞伤，却放过了我，说：汉娜是你的女友，那我们就把她送进慰军妇女营，让你看着女友和一个又一个男人风流快活。其实，我和汉娜交往不深，只是一般朋友。她能来救我们，我也应该和密立根、卡基一样舍命救她。于是，我冲着她喊：汉娜，我爱你，你一定要活下去，我等你回来。”

“叔叔，你一定是吓傻了，怎么会用这种方式救她？”维斯从惊悸中缓过神，嘲弄地说。安德鲁摇摇头，又道出一个事实：“因为，汉娜是纳粹机要员。泄露机密要被处决，而私会男友则不一样。”

“真是不幸，惨案发生的第二天，也就是 5 月 5 日，德国就宣布战败，向荷兰投降了。后来呢？”哈特问。

“后来，我打听到纳粹当局放过了汉娜，至于去了哪儿，却没人知道。”安德鲁停顿了一下，接着说：“这些年，我一直忘不了那场噩梦，便复原了当时的情景。我爱我的工友，爱讨厌战争和屠杀的汉娜，所以，我要一生一世陪着他们。”

维斯不觉恍然：“每年5月4日，你都闭门不出，原来是在陪你的死鬼工友——”

“请注意你的言辞。他们都是英雄，是安德鲁先生真正的朋友。”警察拦住了维斯的话茬，挥手收队：“维斯先生，请跟我们走一趟，我们想知道你和罗修为什么会来6号宿舍。”

两个月后，安德鲁离开了人世，那座房产被完好地保留下来，取名“6号宿舍”，并对公众开放。一天，哈特前来祭奠死难的宿舍工友，在翻看留言簿时无意中发现了这样一行字：“不忘战争，更要记住爱。谢谢你安德鲁，天堂再见……”

蝴蝶之家

一、下一个就是热心人

寒流突袭，天气越来越冷。十字街头，林娟搓搓冻得像猫抓般刺疼的手指，捧起红色募捐箱迎向一位路人："你好，请为蝴蝶之家的孩子们捐一份爱心吧——"

"让开。"路人没有停，从嘴巴里蹦出的字眼和扫过脸颊的冬风一样冷。即便如此，林娟还是非常有礼貌地回了声"抱歉，打扰了"，接着走向下一位路人。

林娟是"蝴蝶之家"的院长。"蝴蝶之家"还有个名字，叫儿童临终关怀中心。两年前，从护士岗位退休后，林娟和几个好姐妹以"蝴蝶之家"的名义注册设立了慈善基金会，专门救助那些一出生就被父母抛弃的危病婴儿。林娟不是妙手神医，做不到起死回生，能做到的只是让他们在生命的最后一程走得不那么痛苦和孤独。但基金会收到的善款少得可怜，指导和监管她们工作的民政部门也无力提供更多的帮助，为了支撑下去，工作人员不得不走上街头，向社会求助。

"你好，蝴蝶之家需要您的支持和关心，请奉献一份爱心吧。"林娟又拦住了一个路人。天太冷，那个路人脚步匆匆，手都懒得从衣兜里掏出。这时，一个年轻女子从街边跑来，抢过箱子继续向行人求捐。林娟稍一愣怔，随即惊讶地叫出了声："玉琴，你怎么来了？宝宝还好吧？"

这个年轻女子叫赵玉琴，也是"蝴蝶之家"招募的工作人员。她性子急，受不得半点委屈。有一回，她向路人求捐，对方不但没捐一毛钱，还不怀好意地指指路边的按摩屋、洗头房，歪笑：凭你的脸蛋儿和身条，去那儿准能赚到大钱。“钱”字刚吐口，有机玻璃做的募捐箱便狠狠砸上了他的脑门。从那以后，林娟再不让她出面。两个月前，已是“准妈妈”的赵玉琴请了产假，回家待产，这才多长时间，怎么就回来了？

“娟姐，宝宝他，他没了。”赵玉琴眼圈一红，转身向一个身穿貂皮外套的女人走去：“你好，我是蝴蝶之家的工作人员，孩子们需要你的帮助。”

“是你需要帮助吧？走开！”女人的鼻孔里蹿出股冷气，扭臀摆胯绕了过去。出人意料的是，赵玉琴没急没恼，还很平静地说了声“对不起”。

“玉琴，街上风大，你回中心吧。”林娟拉住了赵玉琴。赵玉琴摇摇头，勉强挤出一丝笑意，回道：“从今天起，我就正式上班了。你放心，我会记住你说的那句话，再不乱发脾气。”

林娟不止一次说过：民间募捐不是件容易的事，但请相信，这个世上还是好人多，没准儿下一个就是热心人。

二、宝贝的名字叫不怕

眼下，“蝴蝶之家”共收养了12名危重病儿，无一例外都是被父母遗弃到路边或门口的。盼盼患有脑损伤综合征，吉祥得的是先天性白血病，欢乐小小的肚皮上插满了导尿管、导便管……他们中最小的出生还不到4个月，最大的也不超过两岁半。每天看到这些可爱的小家伙们在工作人员的怀里牙牙学语，在地板上笑闹打滚，林娟都会心痛阵阵——医生给出的诊断结果非常残酷，他们中生命最多的也只剩下了6个月。

这天清晨，林娟早早起床去看1岁半的欢乐。欢乐的状况很不乐观，她的父母始终没联系上。可无意中一瞥，突然发现赵玉琴正站在关怀中心的门口，焦急四望。

看得出，她在等人。这么早，等谁？林娟刚想过去问问，看护欢乐的工作人员快步跑来，说欢乐病情加重，必须送医院。忙活到下午，欢乐还是走了。是在林娟的怀里走的。走时，她的小手掌紧紧握着林娟的手，竟含糊不清地叫了声“妈妈”。林娟给她换上干净漂亮的衣服，拍了照片放进纪念册，并强忍着一流下就会再也收不住的眼泪写下了一句话：“欢乐，我爱你。谢谢你带给我们的欢乐。”

做完这一切，平复下心情，林娟又瞅见了赵玉琴。赵玉琴有些反常，坐立不安，时不时就到门口转一圈。还有，在她休假前，每有病儿离开人世，她都会守在跟前。可这次欢乐走，她破天荒地没有相送。莫非，她是在等他？心下想着，林娟不由自主地皱紧了眉头。

果不其然，昨晚值班、又整整忙了一白天的赵玉琴熬得眼睛通红，却坚持要再值个班。捱到半夜，林娟刚迷迷糊糊沉入梦乡，就被一阵清亮的“哇哇”啼哭声惊醒。

哭声是从中心门外传来的。不用说，又是一个被狠心父母抛弃的病儿。天这么冷，半分钟都耽误不得。林娟赶忙跳起，穿着睡衣就往外跑。恰恰此时，赵玉琴已抱着个小婴儿跑进门：“娟姐，是个男婴，好像还没满月——”

这个比巴掌稍大的男婴，应该就是赵玉琴要等的人。林娟不动声色地瞅了赵玉琴一眼，说：“走，马上送医院检查！”

“蝴蝶之家”紧挨着妇幼医院。两个小时后，诊断结果出来了：男婴患有严重肝病，肝脏几乎全部硬化，腹腔内全是积水，医院能做的唯有保守治疗。

保守治疗是什么意思，林娟比谁都清楚。正自心痛，赵玉琴开口了：“娟姐，我们……收下他吧。”

当然收，他的父母不要，我们要！

回到“蝴蝶之家”，林娟给男婴起了个非常好听的名字：不怕。事实也是，有这么多好心的妈妈在，还有什么可怕的？不料，没过半月，不怕的病情开始恶化，中心也有人交头接耳，风传可怜的不怕就是玉琴的亲生儿子。这不明摆着吗，以前她上街募捐，动不动就和人争吵，现在，不管人家说话多难听，多刺耳，她都笑脸相迎。不怕到来那两天，她跟丢了魂似的在门口转悠，又是第一个发现不怕的。她说自己的孩子脐带绕颈，一出生就夭折了，这指定是障眼法，忽悠人的——她的家庭条件一般，就凭每月千把块的收入，决计救不了孩子。而偷偷丢到“蝴蝶之家”，当算最好的选择：只要病儿有一丝机会，“蝴蝶之家”都不会放弃救治。

这些传言，一句不拉地传进了林娟的耳朵里。一天下午，赵玉琴抱起募捐箱正要往外走，林娟叫住了她：“玉琴，我想和你说几句话——”

“娟姐，我知道你想说啥。”玉琴站住了，却没回头：“你想问不怕是不是我的儿子，对吧？那我告诉你，是。”说完，玉琴似乎擦了下眼睛，很快消失在冷得邪乎的寒风中……

三、我们都是你的妈妈

当初，林娟之所以给儿童临终关怀中心取名“蝴蝶之家”，是因为蝴蝶是最美的精灵，她真心希望每个幼小的生命都能像蝴蝶那样自由飞舞。但不幸的是，冷酷无情的死神总在猝不及防中突兀降临。两个月后的一个大雪初停的早晨，多次被医院拒收的不怕走到了生命的尽头！

“林院长，不怕他，他……”一个工作人员紧咬嘴唇，哽咽失声：“两个月来，我多想看到他能笑，哪怕只笑一下也好。可是，他没有。”

“林院长，赵玉琴呢？从昨晚我就没看到她！她不配在蝴蝶之家工作，不配！”又一个工作人员气鼓鼓地喊：“她遗弃了自己的亲身儿子，在儿子走前又不在跟前，她更不配做母亲！”

喊声未落，只听“咚”的一声响，雪人一样的赵玉琴跌跌撞撞闯进来：“不怕，妈妈来了——”

“赵玉琴，你还知道回来？你的心也忒狠了吧？”适才气愤喊叫的工作人员冷脸质问。林娟忙劝开她，将事先准备好的一套漂亮小衣服递给了赵玉琴：“给不怕穿上吧。有妈妈陪着，再穿上妈妈给穿的衣服，路上他就不怕冷，也不怕黑了。”

蓦地，赵玉琴抓着衣服发疯般奔向门口，歇斯底里地哭喊：“你们还是不是人？滚进来啊，不怕想看你们最后一眼！”

喊叫声中，一对看上去也就20出头的年轻男女拖拖沓沓走进了房间。赵玉琴抱起不怕送进了女子的怀里：“你是不怕的妈妈，你抱抱他，算我求你了，求你抱抱他……”

在“蝴蝶之家”，林娟对每个工作人员的要求都极为严格。比如说抱孩子这个微不足道的举动，必须双眼直视，并用手轻轻抚摸，给孩子最大的舒适感和亲近感。在可爱的小精灵们离开这个世界前必须陪在身边，让他们不觉得孤独，有尊严地离去。可那个女子似乎还没做好当妈妈的准备，一时间手足无措，甚至都不知道该怎么抱。林娟顿觉心酸，接过不怕看向赵玉琴：“玉琴，你是不怕的妈妈，还是你来吧。”

“院长，到底谁是不怕的妈妈？”站在旁边的工作人员一头雾水。

“赵玉琴是，你是，我们都是。”林娟眼圈含泪，道出了一个令人难以置信的事实：她也曾犯过嘀咕，不怕究竟是不是赵玉琴的亲生孩子。中心有规定，但凡能联系到家属，尽量将病儿送回。如果家属执意不收，那就涉嫌触犯遗弃儿童罪。再三询问，赵玉琴终于吐露实情，在诞下死婴留院养病期间，临床的产妇也生了，生下的正是身患绝症的不怕。她听到小夫妻俩偷偷商量，要将不怕扔掉。第一次扔进了垃圾箱，赵玉琴拖着病体又给捡回来，还狠狠骂了他们一顿。他们说改，可背地里又嘀嘀咕咕，好像还提到了“蝴蝶之家”。捡到不怕后，她担心，就算送回去，他们还会扔。于是，她默认了同事们的猜测。最近几天，眼见不怕病情加重，她就去找不怕的亲生父母，想让他们来看一眼不怕。谁知，小夫妻俩闭门不出，死活不来。

说着说着，门外又一下子涌进十几个女人。她们都是小夫妻俩的邻居，都已为人妻，为人母。原来，从昨晚到今天早晨，赵玉琴在小夫妻俩的门口蹲了整整一夜，求了整整一夜。她们实在看不下眼，这才相约来到“蝴蝶之家”。

“不怕，我们都是你的妈妈。有妈妈在，咱不怕黑，也不怕冷……”

林娟、赵玉琴和所有的妈妈都围在了不怕身边。不怕的小嘴好像颤动了一下，终于露出了生命中第一次、也是唯一一次动人的笑脸……

洒满 90 级台阶的幸福

忙完家务，哄 5 岁的女儿睡着后，梅洁也上了床，顺手抓来一本杂志心不在焉地翻看。看着看着，梅洁不觉哑然失笑。

书中，有篇调侃婚姻的文章，列举了许多幽默“冷段子”。诸如：“婚姻是爱的归宿。爱是盲目的。所以，婚姻是盲人的殿堂。”“爱情是一个甜蜜的梦，婚姻则是一只烦人的闹钟……”一路看下去，梅洁盯住了最后一段：“婚姻生活是有规律的：头一年，丈夫说话，妻子听着；第二年，妻子说话，丈夫听着；第三年，两人都说话，邻居们听着。”

这个说法，一点都不符合实际。心下正想着，旋动锁孔的声音传进了耳鼓。

单听动静，就知道是老公魏斌回来了。每次加夜班回家，魏斌都尽量放轻脚步，连洗漱都将水龙头开到最小，以免惊扰了女儿。接着，他蹑手蹑脚走进卧室，倒头睡去，一句话都没有。夫妻之间无话可说，这种情形梅洁早已司空见惯。短则一周，长则两个月，即便在床上，两人也如缔结了“互不侵犯条约”般泾渭分明。

今晚，也不例外。不过，怔怔出了阵子神，梅洁决定破个例：“魏斌，我想和你商量件事。”

“你说。”魏斌的回答非常简短。梅洁迟疑了几秒钟，说：“咱们分手吧。”

分手的念头，已在梅洁的脑海里折腾了不少日子。就在今天下午，当她和女友小玫提起时，小玫当场炸了庙：拜托你好好想想再下决心。一个 30 岁的二手女人想再遇上白马王子，简直比遇上原子弹还难！

6年前，是小玫介绍他们两个认识的。经过半年相处，两人结了婚。第二年，女儿佳佳降临人世。而让人做梦都没想到，佳佳3岁了，除了时常高举双手笑个不停外，根本不会说话，走路也磕磕绊绊。夫妻俩抱着女儿跑遍了国内的各大医院，给出的诊断各不相同。直到去年，一家权威医院检查了佳佳的染色体，基本排除了先天性愚儿的可能，但医生又给出了一个新名词：快乐木偶综合征。目前，国内外还没有治愈该病的病例。

女儿的病一经确诊，梅洁惊住了。很多时候，她也像极了“提线木偶”，艺人不扯线，她就呆立不动，和魏斌之间的交流自然变得越来越少。

见梅洁说得很认真，魏斌沉默片刻，同意了：“分吧，佳佳我来带。”

“不，佳佳我带走，我会好好照顾她的。”梅洁早料到会这样，当即拒绝。好在魏斌没坚持，说：“明天，请让我背你下楼。”

梅洁一听，忙关了台灯。在光线消失的那一刻，泪水无声地涌出眼睑，流满了脸。魏斌说的，是结婚那天开的一个玩笑。那天，披红挂绿的婚车开到楼下，魏斌牵起梅洁的手要上楼。红娘小玫笑嘻嘻地拦住了他：“我们的新娘子可是千金之身。想娶她为妻，必须背上楼！”

“对，背新娘子上楼！”在众人的起哄声中，魏斌二话没说蹲下身，背起了盖着大红盖头的梅洁。新房在5楼，整整90级台阶。梅洁趴在魏斌背上，感受着爱人的体温，听着热烈的心跳，幸福的笑瞬间溢满了脸。

“魏斌，你是把我背上楼的，就算将来打破头分手，你也得把我背下楼。”当时，梅洁附在魏斌耳边悄声说。魏斌气喘吁吁，回道：“这辈子，你就断了这念想吧！”

尽管信誓旦旦，可这一天还是来了。第二天清晨，吃过早饭，魏斌蹲在了门口。看得出，他已不如6年前那般结实，忙工作忙家忙孩子，几乎累垮了他。

梅洁犹豫了，站着没动。魏斌没回头，说：“来吧，我背你下楼，去民政局。”

梅洁揉揉因一夜未眠而发红发涩的双眼，趴上了魏斌的后背。魏斌慢慢站直身子，踏上了下楼的第一级台阶：“梅洁，结婚那天，站在这儿我说：进了家，就是心心相印的一家人。”说着，魏斌下了一个台阶：“在这儿，我说：在你开心的时候，我要和你一起开心。在这儿，我在心里说：不管将来是幸福还是困苦，我都要和你在一起……这儿是平台，我想歇口气，你说：幸福不能停歇，鼓足劲，冲上去……”

当下到3楼，站上第36级台阶时，魏斌已累得满头大汗，却依然没有放下梅洁的意思。听着他连一个字眼都不差地复述6年前的场景，梅洁紧咬着嘴唇，强忍着不让泪滴出眼眶。

“在这儿，我说，今后遇到美女，要想到她们比我们家梅洁差远了，绝不看第二眼——”

“在这一级上，我说，谁要敢欺负我老婆，我跟他没完，我跟他拼命——”

梅洁的努力失败了，眼泪噼里啪啦地落进魏斌的脖子，混合着不停渗出的汗水滴落……

终于，魏斌站在了上楼的第一级台阶上：“这是上楼的第一步。当时我说，谢谢上天赐给我一个善良、美貌的好妻子。我会好好爱她、疼她一辈子——”

“老公，别说了。”梅洁禁不住泪流满面：“求你回头，再背我上楼，我不离婚了，不离！”

“梅洁，其实，昨晚我就知道你的心思。”魏斌没有放下梅洁，说：“请放心，我是这个家的顶梁柱，永远不会趴下。我发誓，我一定会治好佳佳的病，让你们生活得开心，幸福。”

原来，他早就明白我的心事，虽然他没有看我，也没有和我说话！梅洁紧紧搂住了魏斌的脖子。在她心里，魏斌是这个世上最优秀的男人，在公司也大有前途。可自从女儿确诊后，魏斌再难集中精力，业绩一路下滑，有几次差点被开除。听小玫私下说，为了筹钱给佳佳看病，魏斌不再关注升职，一心捞钱，还背着公司主管做了两份兼职。梅洁真心爱他，不想让繁琐的家务压垮他，毕竟，他才30岁，正是做事业的黄金年龄，于是想到了分手。分手，对两人来说，未尝不是个好办法——他能全心投入工作，她则全心照顾女儿。于是，她故意疏远他，对他的亲近也装出一副厌恶的样子：女儿都这样了，你还有闲心找乐子！一来二去，在床上，两人如同两只蜷缩的龙虾，只有后背，偶尔会在睡梦中成为一个交点。

“老公，歇够了没有？我要上楼！”梅洁含着泪喊。她不想擦干眼泪，生怕一松手就从魏斌的背上滑下去。魏斌听到了，转过身，鼓足劲，又像当年一样迈开了步子："梅洁，相信我，会好起来的，一切都会好起来的。"

"我信，我信。老公，你看——"

不知何时，女儿佳佳蹭出房门，趴在门口瞅着两人一个劲地笑，含糊不清地喊："爸，妈，我……"

没错，有爸有妈有女儿，才是一个完整的家。梅洁紧贴着老公魏斌的后背，感觉到的不只有心跳，还有幸福的味道……

沉默的歌唱

这天下午，一个非常糟糕的消息传到了市刑警大队重案组：东苑小区有名男子要跳楼！

乍接到报案，身为组长的金建明还没太当回事。这年头，讨薪不成的，求爱遭拒的，上访无门的，甚至被小姐讹诈钱财吃了亏的，都想玩把“跳楼秀”讨个说法。再说，这种事由辖区派出所和消防队出面就行了，何劳重案组？谁知，报案的正是上警校时的同寝室哥们，现任东苑派出所所长的张松。张松的嗓门大得几乎能震爆电话：“哥们，情况紧急，你快点吧！那个男子还挟持了个八九岁的小男孩，指名道姓要见你——”

话音未落，金建明已弹跳而起，下了命令：劫持人质，当属重案，火速出警！

五分钟后，金建明带队赶到了事发地点。四下一望，不由倒吸一口凉气。东苑小区紧邻本市最重要、最繁忙的一条正街，这儿一拥堵，全市的交通都得瘫痪。而此刻，看热闹的人你拥我挤，围了个里三层外三层，将街道堵得水泄不通，任交警喊破了喉咙也不管用。再仰头看去，那个男子正站在顶楼，双手掐着个小男孩喊叫不休。要知道，那可是8楼，一个足以致命的高度！

这时，急得满头大汗的张所长跑到身前，气喘吁吁地汇报：“哥们……啊不金队，你可到了。他说，要再看不到你的影儿，他就把孩子先推下来！”

拿孩子做筹码，真够丧心病狂的。金建明紧盯着楼顶，问：“他叫什么名字？为什么要跳楼？”不等张所长回答，楼顶的男子倒先开了口，抓起只扩音喇叭喊：“金队长，你不认识我吧？我叫侯二军，我想和你谈谈。”

带着喇叭、挟持孩子，看得出这是场有准备的“跳楼秀”。金建明的神情越来越凝重，也举起了喇叭：“我答应你，请你先放开孩子。谈什么，在哪儿谈，都是你说了算！”

仅仅一个照面，同来的技术员便查出了跳楼男子的个人信息：侯二军，29 岁，本市人，无业，因吸毒被处理过两次。金建明一听，那颗心登时悬到了嗓子眼里——一个屡教不改的瘾君子，万一犯瘾，失足跌下，摔成肉酱都是轻的。稍作思忖，金建明喊："侯二军，你退后两步，我这就上楼顶。"

侯二军的情绪似乎稳定下来，边后退边掏出手机打电话。金建明长出口气正欲上楼，可怕的意外又在瞬间发生：那个男孩突然"啊啊"大叫，拼了命般往楼檐前挣。事发仓促，一时间吓呆了所有的围观者，一个个嘴巴大张，心跳如打鼓。

"侯二军，快抱住他！"金建明急喊。显然，侯二军也吓坏了，手忙脚乱地死死搂住了小男孩。可小男孩依旧不管不顾，"啊啊"叫着撕撕扯扯。张所长赶忙让营救人员铺开充气垫，以防不测。就在楼下忙得焦头烂额一团糟的当儿，忽听楼顶传来"啪"的一声脆响——该死的侯二军抽了小男孩一记响亮的耳光，当即把他给打愣了！

"小浑蛋，再敢闹腾，老子宰了你！"侯二军恶叨叨地骂着，抓起电话嘀嘀咕咕。刚说了两句，小男孩又中邪似的一通抓挠。围观者看明白了，小男孩是个可怜的小哑巴。

好不容易捱到小男孩消停下来，金建明吩咐同事几句，快步冲进了楼道。

片刻光景，金建明出现在了楼顶。侯二军举刀发狠："你给老子站住！我有个条件，你必须答应我，没得商量。"

"你说。"金建明又靠前半步。侯二军扼紧小男孩的脖子，撇嘴冷哼："宋巧是你抓的吧？你抓了我的女人，谁给我洗衣做饭陪我睡觉？甭废话，你快放了她。不然，不然……"

宋巧是侯二军的女朋友，以贩养吸，毒瘾极大，半月前被抓进看守所，眼下正在接受强制戒毒。谁想，金建明笑了笑，语气也陡然变得强硬起来："不然什么？你跳下去还是乖乖趴下？"

"我，我……少废话，你放不放人？"侯二军边说边退向楼檐。这一举动，顿让楼下的人紧张得连大气都不敢出。更不可思议的是，金建明居然步步紧逼，亮出手铐一字一顿回道："现在我可以明确答复你，第一，宋巧咎由自取，我们绝不会放她；第二，你把孩子给我，然后乖乖戴上它。除此之外，你别无选择！"

这哪里是劝阻，分明是激将。侯二军可是吸毒客，坑蒙拐骗杀人放火，什么事都能做得出。但，让人大跌眼镜的一幕随之上演——侯二军双腿一软，“扑通”跪地：“金队长，我认错，我听你的……”

金队出马，闹得沸沸扬扬、吓得人心惊肉跳的“跳楼秀”没用上10分钟便轻松化解，这让许多看热闹的人觉得不过瘾，就连张所长也一头雾水：我求爷爷告奶奶劝了半天，只差给他当孙子了，可人家压根听不进半句。敢情，这浑蛋吃硬不吃软，是个欠骂欠揍的主儿。心下正发闷呢，却听警笛声大作，几辆警车飞驶而来。车到跟前，几乎在打开车门的同时，侯二军禁不住浑身一颤，顿时呆若木鸡——车内，押着两个戴手铐的男子，样子像极了九月遭霜打的茄子。

“侯二军，请吧。”金建明说。侯二军缓过神，脱口惊叫：“大哥，跳蚤，怎么回事？你们怎么没走成？”

侯二军口中的大哥、跳蚤，恰是那两个戴手铐的男子，他的上线。不过，用不着他们解释，侯二军很快猜出了大概：是半道挟持来的那个小男孩出卖了他。奶奶的，费尽心机，到头来却聪明反被聪明误！

原来，侯二军导演“跳楼秀”，并非为了“营救”女朋友宋巧，而是想制造混乱把重案组调到这儿，借机掩护大哥和跳蚤出城，转移毒品。行动前，侯二军没少花心思，最终选定了单身上街、又是哑巴的小男孩。哑巴不会说话，最能保守秘密。即便被抓，就狡辩说是想念女友心切，也不会有大事。可他万万没料到，小男孩和别的失语者不一样。别人“说话”，需要借助动作，比比划划，而他只动嘴唇。眼见大功告成，侯二军强按欣喜给大哥打去了电话：警察都像傻子似的在西城东苑小区忙活呢，你们走东城，马上走！当金建明来到楼顶，他又咕哝了句：“傻子，你真以为我要跳啊？等你过来，我就趴下！”尽管动静小的像蚊子哼哼，可还是没逃过小男孩的耳朵。更让他想不到的是，金建明不仅是个优秀的刑警，还是个解读唇语的高手：唇语者，目力所及，只要能看得清楚唇形，就能读出说的是什么，绝无半点差池。小男孩撕扯着侯二军要往下跳时，已将他说的话原原本本地“复述”给了金建明。

毒贩被抓，危机解除，押走侯二军，记者纷纷围来。一同涌来的还有几个福利院的工作人员。金建明最头疼记者的穷追猛打，将小男孩交给福利院工作人员，转身要走，却没迈动步。

是小男孩拉住了他。小男孩的嘴唇在动，悄无声息地动。谁也看不懂小男孩在说什么。等他说完，金建明的眼睛止不住地红了。

在好奇心的催促下，一个记者追问："金队长，我刚才得知他叫刘鑫，父母都涉嫌贩毒被抓，如今被寄养在福利院。请问，这个孤儿都跟你说了些什么？"

"他不是孤儿！"金建明打断了记者："他刚才说，他想给我唱支歌！"

哑巴会唱歌？这可是个猛料。惊讶之中，只见小男孩非常认真地看着金建明，好看的小嘴唇动个不停。"唱"到最后，金建明突然蹲下身紧紧抱住小男孩，好半天没松手。

张所长是金建明的铁杆哥们，皱眉琢磨一会儿，不觉恍然："建明，我想起来了，今天是你生日。这个小家伙唱的是《生日快乐歌》吧？"

没错，是《生日快乐歌》。小男孩的父母都吸毒，三年前抓捕他们时，小男孩饿得只剩下一口气。送到福利院后，只要有空闲，金建明就去看他，"听"他"说话"，和他谈心。今早，听院长说今天是金建明的生日，可能不会来看他了，小男孩就偷偷跑出来找他，想把刚用心学会的《生日快乐歌》唱给他听，不料半路被侯二军盯上，劫持。而真正让金建明泪涌满眼的是，今天还是父亲节，小男孩想唱完歌后再当面跟他说声："父亲节快乐——"

十里羊肠一路爱

青梁山下有个小村，叫梁庄。从梁庄到县城仅有十里山路，可路窄弯多，稍不留神就会滚落山谷，摔个鼻青脸肿。这年夏末，赶上天下大雨，梁木父子俩就遭了灾厄。

出事那晚，梁木的媳妇刘翠芬正在灶间忙活，忽听“咚咚”的砸门声急促响起。

乡下的这个光景，四邻八舍都在忙着做饭，没工夫串门，一定是男人和儿子。男人梁木在县城的饭店做大厨，儿子梁新在城里的中学读书，爷俩说好今儿个一起回家，还要送她一件让她意想不到的礼物。会是啥礼物？新衣裳还是项链？刘翠芬猜不出，撂下锅铲跑去开门，娇嗔地喊：“来了来了。你死人啊，不会自己开门啊？”

院门一开，刘翠芬登时傻了，呆了。只见男人梁木直挺挺地躺在一张门板上，额头处磕出了个吓人的血洞。

“你爹他怎么了？你说啊。”呆立了好半天，刘翠芬才缓过神，看向梁新。梁新满身泥水，满脸是血，一个劲地“呜呜”哭。抬爷俩回来的乡亲们叹口气，道出了原委：十里羊肠，爷俩刚走到一半，大雨便兜头浇下。山路湿滑，梁新崴了脚，骨碌碌地滚向谷底。梁木赶忙去救，却被儿子硬生生地拽了下去……住在附近的乡亲们听到呼救声赶到时，紧搂着儿子扎进灌木丛的梁木不幸撞上利石，早没了气息。

没了，怎么说没就没了？刘翠芬没掉一颗泪珠儿，将男人拖进屋后打来一盆清水，一下一下地擦洗。擦着擦着，只听“嘭”的一声闷响，梁新一头磕上了门框：“姨，我，我看不见了——”

刘翠芬忙扶起梁新，擦净他脸上的血。血是从两眼眼角流出的。刘翠芬禁不住心尖一哆嗦，背起梁新就往村卫生所跑。跌跌撞撞地奔进卫生所，大夫翻了翻梁新的眼皮，无奈地摇摇头……

短短一天，男人殁了，儿子成了瞎子，刘翠芬还会不会守着这个家？左邻右舍嘀嘀咕咕地咬耳朵。也难怪街坊们私下乱猜，刘翠芬和梁木是半路夫妻，四年前才走到一块儿。梁新是梁木和前妻生的，一直管刘翠芬叫“姨”。想想也是，刘翠芬今年才32岁，15岁的梁新哪好意思张得开口叫“妈”？

转眼烧过七七，梁新也吞吞吐吐地问：“姨，你……会走吗？”

刘翠芬在“哗哗”地浆洗衣裳，好像没听见。梁新摸索着坐到跟前，又问：“姨，你还让我上学吗？”

刘翠芬停下了，抬起湿漉漉的手指在梁新的眼前晃了晃，一丝反应都没有。

“我知道咱家条件不好，我不上了。”梁新说。刘翠芬拎起衣裳抖了抖，总算开了口：“不上就不上吧。”

看得出，这并不是梁新想要的答案。沉默半晌，梁新摸摸索索地站起，想回屋，一不小心踢到了木凳，侧侧歪歪地摔了个前趴。刘翠芬瞄见了，却没去扶。梁新吃力地爬起，刚走两步又绊上门槛，“啪叽”摔进了屋内……

第二天天刚蒙蒙亮，梁新还没起床，刘翠芬就站在院子里喊：“梁新，快起来。我趁着凉快去掰苞米，你把早饭做了。”

听到招呼，梁新钻出了被窝。刘翠芬领他走进灶间，摸了一遍米面粮油、菜刀案板所放的位置后出了门。等到日上三竿从地里一回到家，刘翠芬便愣住了：灶房里被搞得乱七八糟，白面撒了一地，锅铲塞进了炉灶，油瓶也摔碎了……

“咱梁庄有七八个瞎子，谁都没人照顾，可哪个也没饿死。”刘翠芬边收拾边埋怨：“你爹走了，家里家外不能总指望我吧？这顿饭，我看着你做。”

做就做。梁新满肚子委屈，赌气去抓面盆。面盆没摸到，却碰到了菜刀，指肚血流不止。刘翠芬慌了神，忙不迭地抓过梁新的手用嘴吸。谁知，梁新却使劲一挣，硬邦邦地说：“我不用你管！你想跟梁瘸子走就走，我饿不死！”

梁新所说的梁瘸子住在梁庄村东，前年上青梁山采药，不慎摔伤左腿落下了残疾，至今还没成家。梁新怎么提起他来了？刘翠芬不由一怔。很快，她便琢磨出了名堂：一准儿是隔壁三婶跟梁新说的。男人死后，地里活忙，她几次找梁瘸子帮工都被三婶瞧在了眼里。三婶爱说东道西扯闲篇儿，一根牛蹄筋进了她的嘴巴都能嚼出满汉全席的味道来，更别说男女之间的事了。

见梁新犯拧，刘翠芬也来了气："你愿咋想就咋想。在我没走道前，我养你，你就得给我做饭！"

在农村，走道，即寡妇改嫁。自打吵完架，刘翠芬和梁新的话越来越少。一早起来，刘翠芬带上锄镰下地，梁新则摸进灶房，生火做饭。半月后的一天，梁新终于蒸出了一锅暄腾腾、软乎乎的馒头。

"姨，你尝尝，好不好吃？"梁新毕竟还是个孩子，高兴地嚷。不料，刘翠芬并不买账，没好气地说："天天吃馒头，腻歪不腻歪？从明儿个起，做手擀面。"

无端端地碰了个软钉子，梁新臊得满脸通红，扎撒着双手没了声。

让瞎子做手擀面，也忒过分了！这天晌午，听到梁新的"啊啊"痛叫声，隔壁三婶大步噔噔地闯进了院。紧接着，她的大嗓门便如高音喇叭般响个不停："他二姑，大孬媳妇，孙家婆婆，你们都来瞧瞧！啧啧，瞧瞧这孩子的手，又被菜刀割破了！后娘心，黄蜂针，真毒，顿顿逼着孩子做手擀面——"

"咋呼啥？我家的事，你操的哪门子心？走！"恰恰这时，刘翠芬扛着锄头走进院，没鼻子没脸地轰走三婶后掀开锅盖，又气咻咻地训上了："梁新，你长没长记性？你这手擀面擀得比鞋底都厚，切得比你三婶的脸都宽，咋吃？重做！"

三年来，在刘翠芬天天不绝于耳的训斥声中，梁新练得了一手好厨艺，照顾自己是绰绰有余。这天早晨，刘翠芬破天荒地没让梁新做饭，而是亲自下厨。听着锅碗瓢盆叮当作响，梁新暗暗寻思：我已经满18岁了，这顿饭该不是告别餐吧？纳闷中，刘翠芬已将饭菜摆上桌，好像还打开了一瓶酒："梁新，快点吃，您梁叔在村东等着呢，吃完我们带你去个地方。"

梁叔？梁瘸子！看来，三婶没胡扯，她和梁瘸子已有了成家的意思。可是，他们会带我去哪儿？去哪儿都成，老天饿不死瞎家雀！梁新心头犯酸，接着想：我和她本就没有血缘关系，爹死后她能照顾我这么多年，也算够意思了。想到这儿，梁新接过话茬，说："姨，谢谢你，我敬你一杯。"

在举杯凑到嘴边的时候，梁新听见了"啪"的一声轻响。他知道，那是他的眼泪滴进了酒杯……

匆匆扒拉了几口饭，梁新起身就走。出了门，拐上山道，梁新越走越觉得惊讶——记忆中，十里羊肠坑洼不平，到处是绊脚的石头。今儿个走了这么远，怎么一块都没踢到？无意中一探手，竟然摸到靠近山谷的一侧还打上了木桩，密密麻麻地缠满了紫藤！

而更让他吃惊的是，走过十里羊肠，在县城边上的一座不大的平房里，梁新摸到了摆放整齐的锅碗瓢盆和崭新的炉具！

“姨，这是哪儿?”梁新犹犹豫豫地问。

刘翠芬笑了，说：“这是我给你盘下的小店。店名就叫‘梁新手擀面’。”

梁新手擀面？接连念叨了几遍，梁新顿时恍然：我爹是大厨，我也想过毕业后就开家饭店。她逼着我做饭，做手擀面，原来都是为了让我这个瞎子能当老板！可那十里羊肠又是怎么回事？再三追问，倒是梁瘸子“呵呵”憨笑着回道：“我见你姨一个人过的难，就想，想……可你姨说：你要给我儿子修好出山的路，我就应你。呵呵，我和你姨修了整整三年。你摸摸你姨的手，都磨破不知多少回了……”

听着听着，梁新感觉到腮上一热，眼泪止不住地流下来。

“梁新，梁新，别这样。你失明那天姨就想，姨不能陪你一辈子，你得自己养活自己，姨才会那么狠心对你，你别怪姨——”

“姨，我不怪，不怪。”梁新张开胳膊抱住了刘翠芬，哽咽着说：“还记得出事那天，我和爹说要送你件礼物吗？那件礼物就是当面喊你一声‘娘’。娘，你能收下吗?”

刘翠芬泪眼婆娑，欣喜地应了：“哎——”

第二辑

EPISODE 2

你就是那最美的栀子花

婆心如刀

一

春暖三月，怀远城外绿草如茵，恰是踏青的好时节。一天晌午，陈巧儿正陪着婆婆赵周氏说笑，就见小伙计春生跌跌撞撞地跑进院，哭喊：“不好了，老板出……出大事了——”

喊声未落，陈巧儿禁不住心尖一颤。春生口中的老板是陈巧儿的丈夫，怀远城内昌隆布庄的大掌柜赵洪。今早，赵洪说，几个生意场上的朋友相约，要去城外踏青游玩，顺便谈谈生意。走时还精气神十足，能出啥大事？

不待询问，春生已比比划划道来：午时过后，赵洪打道回府。路上，不知从哪儿窜出匹惊马，拖着辆大车沿街狂奔。而不远处，有个抱孩子的年轻女子被吓傻了，呆立当场挪不动步。眼瞅血光之灾就要临头，赵洪快步奔去，使劲全力推开了那对母子。但，挂着铁掌的马蹄高高扬起，重重地踢上了赵洪的后脑……

“儿啊——”

听到这儿，赵周氏顿觉眼前一黑，昏厥过去。陈巧儿赶忙抱住婆婆，又按虎口又掐人中：“婆婆，婆婆你醒醒——”

一通忙活，好歹唤醒了婆婆。安抚她躺下后，陈巧儿和春生匆匆出了门。春生说，等官差赶到时，惊马的主人已逃之夭夭，那对母子也不见了踪影。不过，但凡目睹灾祸发生的路人纷纷作证：赵洪是为救人丢的性命，此举当属见义勇为。官府亦表示，要给予赵洪嘉奖。

“我不要啥嘉奖，我只要相公能好好活着！”赶到府衙，陈巧儿一头扑在血人一样的赵洪身上，直哭得昏天暗地，肝肠寸断。就在谁也劝不了的当儿，一阵苍老沙哑的动静从身后传来：“巧儿，别哭了。洪儿是救人殁的，你该为他高兴才对。”

是婆婆赵周氏颤巍巍地来了。赵周氏扶起陈巧儿，说：“走，咱带洪儿回家——”

“婆婆，我，我听你的，咱走。”陈巧儿泪眼婆娑，扑进了赵周氏的怀里。赵周氏颤抖着手吩咐春生找辆车，将赵洪拉回去好生安葬。

转眼烧过头七，一直沉浸在失夫之痛中的陈巧儿冷不丁地想到，相公赵洪开着家大布庄，生意做得很是红火，柜上应该有不少银子。她一个妇道人家，不懂生意，不如把店面盘出去，所得的银两足够婆媳两人生活一辈子的了。打定主意，陈巧儿便去找婆婆商量。

不料，婆婆竟没用好眼神瞅她，不冷不热地说：“去吧，把银票都带回来，一文都不准少！”

二

也是，婆婆刚没了儿子，做儿媳的就提钱，难保人家不多心。陈巧儿闷闷地想着，梳洗一番去了昌隆布庄。可翻出账本，细细一查，陈巧儿顿时目瞪口呆——账上，居然分文没有！

放眼整个怀远城，哪家布庄的生意也没昌隆做得好，怎能没积蓄？一醒过神，陈巧儿急急回家，将实情告知了婆婆。多少懂点经商之道的赵周氏也愣住了：不可能，这怎么可能？半月前她去布庄，还看到柜里有800两真金白银。儿子美滋滋地说，他打算再置办一座大宅子，开家分庄。这笔钱怎会说没就没？

寻思片刻，赵周氏说：“巧儿，你快去找春生，他一定知道是咋回事。”

陈巧儿应了，忙去找小伙计春生。可翻遍了城里的每个角落，也没猫到春生的影儿！

“天杀的春生，定是他见财起意，偷走了布庄的银子！”赵周氏恨得血气上涌，又差点昏过去。陈巧儿侍候赵周氏躺下，包起一包干粮走向门外，“婆婆，你放心，巧儿就是死，也要找到春生！”

陈巧儿曾听赵洪提过，春生的家住在怀远城外的大山里，具体是啥村子，赵洪没说。陈巧儿暗暗发誓，无论如何都要讨回钱，让相公瞑目，让婆婆过上好日子！可说得容易，做起来难。陈巧儿这一找便是五天五夜，鞋底磨破了，衣裳刮烂了，还在山林中和野狼碰过几回面。好在老天开眼，当陈巧儿像乞丐般走进一座农家院、有气无力地抓住春生的手腕时，春生“扑通”一声跪倒在地，不停地抽自己的嘴巴子：“我该死，我不该瞒你，可你得相信我，我没动柜上一文钱——”

你没动，哪钱呢？在陈巧儿的再三追问下，春生道出了天大的秘密：三年前，赵洪在逛怡红院时看中了个叫翠莺的女子，并给她赎了身，买了房。转过年，翠莺为赵洪生下一子。布庄里的银子，也全都转到了翠莺那儿。还有，那天去踏青，赵洪根本不是会生意场上的朋友，而是和翠莺母子去的。他舍命相救的，就是翠莺母子！

这个秘密，不啻晴天霹雳，一下子将陈巧儿击得晕头转向。万万没想到，口口声声说“执子之手，与子偕老”的相公，却是个朝三暮四、偷香窃玉的负心郎！

三

次日，心痛欲碎的陈巧儿和春生回到了怀远城。赵周氏觉察出苗头不对，一个劲地询问。陈巧儿再也控制不住，失声恸哭。赵周氏听明白了：儿子金屋藏娇，还有了传宗接代的香火！

“婆婆，巧儿虽没进过学堂，可也懂得不孝有三、无后为大的道理。”陈巧儿悲戚哭诉：“自从嫁入赵家门，巧儿没能给您老生下一子半嗣，自知有愧。巧儿这就回娘家，您……您还是把翠莺接回来，给她个名分吧。”

陈巧儿说的在理。这一路，她想得清清楚楚，嫁给赵洪已有五载，肚腹依旧平平，毫无动静。赵家家业不小，理当有个继承人。赵洪这么做，也算对得起祖上，自己还是知趣点，别赖在人家里碍眼了。说完这话，陈巧儿回了房，打开衣柜收拾东西。翻着翻着，一张纸掉了出来。

弯腰捡起，只看了一眼，陈巧儿又一次泪如断线的珠子，扑簌簌地流满了脸——

是一纸休书！

休她的理由，正是不能生育；落款日期，也正是出事的那天。明摆着，赵洪早动了休妻之心，要将翠莺迎娶进门，只是她多日未曾动衣柜，没有发现。

正自失神，赵周氏跟进了房，问："巧儿，你看的是啥？"

"没，没啥。"陈巧儿心头一慌，忙将休书藏进袖管。身为人妻，被休出门，乃是娘家人的奇耻大辱。如今相公已死，不拿出来示人也罢。

"巧儿，换换衣裳，陪我去见见翠莺。"赵周氏说。陈巧儿迟疑半晌，应了。一个时辰后，婆媳两人敲开了翠莺所住的宅院。出人意料的是，翠莺红衣绿裤，打扮妖冶，从脸上根本看不出半点伤痛之色。

赵周氏上上下下打量着她，开门见山："你就是翠莺吧？我这次来，是讨回我儿子的银子。"

"喂，老太婆，你找错人了吧？"翠莺白眼一翻，打断了赵周氏："赵洪养我是不假，可他抠门的要命，每月就给我 5 两银子，花都不够！"

坊间有话：姜是老的辣，醋是陈的酸。只听赵周氏冷声道："我看你是不见棺材不落泪，春生——"

春生应声而入，说布庄的 800 两银票是他分三次送来的。每送一次，赵洪都要签字。别忘了，赵洪是个精明的生意人，绝不会不留证据。当然，他把银子转到这儿，不是给你，只是让你代为保管。你若不还，老太太可要报官了。

证据在手，翠莺支支吾吾，忽地提高了嗓门，尖声尖气地嚷："报官就报官，他有儿子，家产应该由儿子继承！"

"呸！鬼才知道那孩子是不是洪儿的！"赵周氏回道。翠莺绝非善茬，针锋相对："你为老不尊，是不是你去问那死鬼啊！"

死人已下葬入土，又哪能开口？这倒是个难题。赵周氏稍一思忖，咬牙说："好，你等着，我这就去问洪儿！"

四

见婆婆大步噔噔而去，陈巧儿以为她气疯了，抬腿就追。可婆婆一把搡开她，径直奔着官衙去了。陈巧儿这才弄懂：婆婆是要开棺，取血验子！这边仵作刚起棺取了血样，翠莺那面见势不妙，开溜。但，捕快岂容她逃掉，一副枷锁套上了身。原来，捕快已循迹抓到了那个逃逸的惊马主人。主人招供：车撞赵洪，是翠莺给了他10两银子，指使他做的。至此，“见义勇为”案水落石出：翠莺所生的孩子，压根就不是赵洪的，那800两银子也全数归还赵周氏。

按说，真相能大白于天下，可多亏了陈巧儿的连日奔波。孰料，赵周氏翻脸了，气哼哼地问：“你藏起来的那张纸呢？”

“婆婆——”陈巧儿话未出口，泪已涟涟。赵周氏却没管那一套，一把抢过休书，说：“你被洪儿休了，带上你的东西，走吧！”

“婆婆，你就让我留下吧，让我侍候你——”

“走，走！你不会和那个贱女人一样，也看上我们赵家的银子了吧？”赵周氏拎起陈巧儿的包裹扔出了门：“瞧在你照顾我的分上，休书我撕了。你就说洪儿没休你，是他对不住你，走吧！”

陈巧儿跪在赵周氏脚下，磕三个头后捡起包裹，哭着跑走。跑回娘家，一头扎进闺房呜呜大哭。母亲走来，问是不是受了那刁蛮婆婆的气。陈巧儿一会儿摇头，一会儿点头，越哭声越高。蓦地，母亲叫起来：“巧儿，你看——”

陈巧儿抬眼看去，泪光迷蒙中，藏在包裹里的一沓银票一下子映入了眼底！

包裹里，还夹着一封信笺：“巧儿，你是个贤惠的好媳妇，婆婆对不住你。当年上门说媒时，我就瞒下了一桩事：洪儿小时候受过伤，不能生的是他。这800两银票，婆婆全送给你。你还年轻，再找个好人家还来得及……”

读着读着，陈巧儿终于恍然：一向慈爱的婆婆为何会变脸，为何会收回休书，又为何冒着惊扰亡灵的讳忌执意开棺，滴血认亲，甚至不惜抖搂儿子做下的丑事！这一切，原都是为了她能有个好归宿！

一想明白这些，陈巧儿起身便往婆婆家跑，边跑边喊："婆婆，就算做不成你的儿媳，我也要做你的闺女，照顾你一辈子——"

盛开在掌心的茧花儿

我所居住的小区，住户大多是从附近小镇搬来的。

为了活跃气氛，融洽邻里关系，每逢闲暇，小区居委会都要搞点联欢活动。说来也真好笑，也许是那几个负责人岁数大了、脑瓜不灵光的关系，从年初到岁尾，翻来覆去就一个从电视上生搬硬扒来的节目：摸手。儿童节，摸手认子；三八妇女节，摸手认老婆；五一劳动节，摸手认老公……就在前些天，居委会又贴出通知，说这次要来点新鲜的，届时请广大居民参加，大奖是一台多功能微波炉。

终于有新花样了。那天一早，闲着没事，我也准备去凑个热闹。刚走出门，就看到隔壁的赵阿姨正往活动现场赶。

“赵姨，你也去当观众啊？”我问。赵阿姨乐呵呵地回道：“不是不是，我跟居委会刘主任说过了，这次不管是啥节目，我都要参与。”

“好，我给你加油。”说说笑笑间，我俩已走进了活动室。担当主持人的刘主任一出场，我便禁不住乐了：所谓的新节目，居然是“摸手认妈”！

坏了，赵阿姨是一个人来的，怎么参加？邻居住着，她家的情况我很熟悉。她的儿子绰号叫“宋大个”，常年跑外，一年到头在家也住不上几天。这次出门，好像又有一个多月没回来了。见我犯闷，赵阿姨神秘一笑：“我留着一手呢。刚才我给大个打过电话，他说今天休息，一会儿就到。”

俗话说：临阵磨枪，不快也光，最起码你们母子也得“彩排”一下，练练吧？到时要摸不出自己老妈来，还不糗大了？心下正嘀咕着，刘主任开始点名了。

依次走上台的，共有 10 位母亲。包括赵阿姨在内的这 10 位母亲，年龄都在60岁左右，高矮胖瘦基本一致。为了公平起见，工作人员还让母亲们当众洗了手，并逐一作了细致检查。就在儿子们登场前，宋大个总算气喘吁吁地赶上了“末班车”。

游戏开始了。

儿子们都被黑布蒙住了眼睛，蒙得严严实实的。接着，10位母亲打乱顺序，一字儿排开。按照抽签顺序，首先出场的1号是个学生模样的小伙子。在工作人员的牵引下，小伙子来到母亲面前，逐只手摸索。看得出他很紧张，额头上在冒汗。结果可想而知，从第一个摸到最后一个，也没摸出哪位是自己的母亲，只好羞红着脸讪讪地站到了一旁。

“下面，有请2号出场！”刘主任大声宣布。2号信心十足，当摸到第四只手时，得意地说：“这个是我妈妈！”

话音未落，观众哄堂大笑。不用说，掉链子，错了！2号当即骚得面红耳赤，一个劲地嘀咕：“怎么会错？刚才我偷偷瞅了，我妈妈是站在第四位啊。”

小子，少拿我这个主持人当二百五，站位重排了！刘主任示意2号站到一旁，又招呼3号上场。

3号正是赵阿姨的儿子宋大个。宋大个绝对对得起他这个外号，1米90的个头，长得更是腰圆体胖，像座小山。

“准备好了吧，请。”刘主任说。宋大个摸摸索索地走到了那一排母亲面前。在所有参加者中，我和他们这家人最熟，也便暗暗捏了一把汗。要知道，宋大个刚从外地赶回，连句话都没顾得上和赵阿姨说。可令人难以相信的是，宋大个只摸了两只手，就非常肯定地说：“这是我娘的手！”

“你就这么肯定？不怕摸错了让大家笑话？”刘主任“热心”地说：“我再给你一次机会，你可以摸到最后一只手再做决定。”

“不用了。”宋大个伸手就要去摘蒙住双眼的黑布，“错不了，她就是我娘。娘，我没摸错吧？”

没错，丝毫没错。瞬间，活动室内响起一阵热烈的掌声。当然，拍的最起劲的是我。因为在这场“摸手认妈”的游戏中，仅有两个儿子摸出了自己母亲的手，宋大个就是其中之一。

活动进行中，我一直在想，作为儿子，作为女儿，我们天天在忙，想必很久都没牵过父母那双养育过我们的手了。那双手曾扶我们学会走路，给我们擦过鼻涕，淘过米，择过菜，洗过衣擦过地……至于是粗糙、皲裂还是满布沧桑，又有几人顾及和凝视过？别说别人，就是我，也早已忘记了妈妈那双手的样子！

走在回家的路上，我有些好奇，就问扛着微波炉的宋大个："台上所有母亲的手，长得都几乎一模一样，你是怎么摸出来的？"

"张姐，你错了。"宋大个憨笑着说："每一双手，都不一样，特别是我娘的手。"

赵阿姨的手，有何特别的？我也摸了摸，没摸出异样来。宋大个认了真，说："我小的时候，冬天天气冷，我的一双小手冻得红肿红肿的，是娘用她的双手天天给我暖手。再冷的天气，只要摸到娘的手，我就觉得浑身热乎乎的。记得有一次，我生病了，肚子疼得要命。娘坐在我身边，用她的手给我揉……这些，我一直都记得。"

是的，我母亲也这样照顾过我。给我焐过手，梳过头，揉过肚子，只是，这些温暖的场景已距离我越来越远了。瞅到我走神，宋大个呵呵笑了："其实，最重要的是我长得个太高。"

个高，脚自然大。宋大个指指自己大得跟小船似的、套着大号布鞋的双脚，娓娓道来："从 15 岁那年，我就得穿 48 号的鞋子。商店里根本买不到，娘就给我做。这么多年，我最喜欢穿娘亲手纳的鞋，既结实，又保暖。由于常年在外跑，格外费鞋。我娘只要闲着，就纳鞋底，做鞋帮，一年最少要给我 5 双单鞋，四双棉鞋。娘的掌心，被锥子磨出了一层又一层的老茧。我一摸到掌心的老茧，就知道这个人是娘。"

我恍然，开在掌心的茧花，原来是最深最浓的爱！

我母亲的掌心也曾盛开过茧花，而我却从未留意过。一回到家，我便拨通了妈妈的电话，含着泪撒娇说："妈，我很想摸摸你的手……"

鹤 坟

那年秋天，倭肯河边建起了一座木屋。木屋有三间，一间住着奶奶，一间住着孙子大奎小两口，剩下一间做了柴房。一天半夜，奶奶突然被一阵细碎声响惊醒了。

动静是从柴房传出的，莫非进了贼？奶奶心头一“咯噔”，顾不上多想，摸起挡门棍走出了屋门。要知道，大奎打来的獾子、兔子、野鸭子都存放在柴房里，那可是一冬天的吃食，马虎不得。

果然没听错，柴房里有个人影在晃！靠到近前，奶奶举棍就打。那个人影吓得倒退两步，惶惶叫出了声：“奶奶别打，是我！”

是孙子大奎。半夜三更不睡觉，你跑柴房干啥？奶奶张口要问，话到嘴边却又咽了回去，心下暗想：还用问吗，孙媳妇巧花是个既霸道又挑剔的主儿，大奎睡觉毛病多，翻身踢腿打呼噜，肯定是让巧花给踹出来了。

见奶奶发怔，大奎挠挠头，憨笑：“奶奶，你快回屋吧，我，我出来凉快凉快。”

出来凉快还带着羊皮褥子？再说，眼下已过了霜降，早晚能冻伤人。奶奶叹口气，回屋取回一床被子。第二天天刚亮，就听巧花在房里喊：“大奎，你死哪儿去了？炕也不烧，你要冻死我啊？”

听见招呼，大奎紧忙跑出柴房生炉子。等到屋里有了热气，又侍候巧花起床，洗脸。正忙活得紧，奶奶的动静传了来：“大奎，巧花，你俩快来瞧瞧，这儿有只野鹅——”

倭肯河，被当地人称为母亲河，那年头野物特别多。大奎跑出一瞧，顿时眼前一亮：奶奶怀里抱着的不是野鹅，是鹤，一只翅膀受伤的黑颈鹤！

“奶奶，黑颈鹤的肉又细又香，我这就做给你和巧花吃。”大奎接过黑颈鹤正要拧脖子，巧花却冲到跟前，一把抢了去，接着抓过绳子，三下两下捆紧黑颈鹤的两腿，拴上了院门口的树杈。很快，大奎开了窍：黑颈鹤恋伴，雌雄朝夕相处，绝少分开。巧花这么做，是想抓住另一只！

“榆木脑袋，别傻站着了，快进屋架枪。奶奶，你也进屋，那只一准儿能来。”巧花兴奋不已。奶奶犹豫了一下，跟着大奎回了屋。巧花说的很准，不一会儿光景，随着阵阵啾鸣声响起，另一只黑颈鹤盘旋飞来。而那只伤鹤也回应着对方，拼力地扑闪着受伤的翅膀。

“大奎，快点打啊！”巧花急不可耐地催促。大奎将猎枪架上窗户，眯眼瞄准。可就在扣动扳机的当儿，奶奶冷不丁地打了个阿嚏，碰到了他的手臂。

枪响了，没打中。那只黑颈鹤受了惊吓，扑棱棱飞走。

“你真笨，亏你还是倭肯河最棒的猎手！”巧花阴了脸，嘟嘟囔囔：黑颈鹤那么聪明，是不会再回来了。可不等大奎收枪，那只鹤竟又飞了回来。而且，它似乎觉察到窗内有危险，一个劲地对着窗户啾鸣，像在哀求大奎放了它的伴儿。奶奶瞅瞅巧花，吞吞吐吐：“大奎，别打了，你看它们感情那么深，还是放生吧。”

大奎也瞅向巧花，等着巧花表态。巧花烦烦地回道：“看我干吗？你想咋办就咋办！”

大奎听了奶奶的话，给伤鹤敷了点创伤药后放了生。令人想不到的是，当着一家三口的面，那只黑颈鹤先帮伤鹤摩挲了下羽毛，又冲窗内叫了几声才相互偎依着走向倭肯河。巧花看得真真切切，两只黑颈鹤是走着离开的，因为伤鹤伤的是翅膀，飞不动。而那只黑颈鹤一直展开长翅，罩着伤鹤……

自从放生伤鹤后，巧花像变了个人似的，再也没呵斥过大奎，也没轰赶他去柴房睡。奶奶还发现，巧花几次给大奎烧洗脚水。这在以前，想都别想。

转眼一个月过去。这天，一件奇闻风一般传遍了倭肯河：巧花在家门口捡到一只晶莹剔透的玉镯，品相极佳，正经能值不少钱！奶奶的脸上也笑开了花，逢人就说好人有好报，一定是黑颈鹤知恩图报，叼来送给巧花的。巧花是个好孙媳，把大奎托付给她，我这个老太太一百个放心，死也能闭上眼了。

真是不经念叨，转过年的开春，奶奶生了一场大病，卧床不起。弥留之际，她将大奎叫到床边，断断续续地说："大奎，奶奶想……托付你件事。"

"奶奶，您说。"大奎哽咽失声。

"倭肯河边的小山坡上有一座小坟，是奶奶修的。等奶奶走了，你就把奶奶埋在那小坟旁边。"

"奶奶，那坟是谁的?"

"是……是鹤的。"说着说着，奶奶的眼窝里含满了泪。原来，瞅着巧花总欺负大奎，奶奶不落忍，就去了河边散心。碰巧有个猎手打伤了黑颈鹤，她便花钱买了来。那只鹤伤得不重，奶奶一狠心，又用簪子扎了一下。奶奶知道，黑颈鹤雌雄相伴，生死不弃，就想让巧花看看，鹤都能恩恩爱爱，你俩咋就不能好好相处？放生后，奶奶愧疚的不行，就偷偷跟着鹤想给它们安个窝。跟到河边，奶奶一时间惊得呆了：那只黑颈鹤几次想把伤鹤带着飞起，几次都重重摔落下来。最后，黑颈鹤放弃了努力，与伤鹤脖颈交缠，双双窒息而死！

"奶奶对不住它们，奶奶要去和它们做个伴。还有，大奎你记着，今后千万别再打鹤了。"奶奶再三叮嘱。大奎呜呜大哭，连声答应。两天后，奶奶走了。那座小小的坟包旁，又筑起了一座新坟。

烧七那天，巧花跪在坟前，握着玉镯泪流满面："奶奶，谢谢你的玉镯。你放心走吧，我会替你照顾好大奎的……"

19℃温情

四楼，75平方米，两室一厅，全新家装……在花光全部积蓄又贷款15万后，赵小飞终于实现了人生的一大奋斗目标：属于我赵小飞和老婆刘翠翠的新房到手了！

这天中午，赵小飞向单位领导请了半天假，准备乔迁新居。谁知兴冲冲一扎进租住在棚户区的旧房，便发觉情况有点不对劲——老婆刘翠翠正偎在沙发里像没事人一样看电视呢，啥行动都没有。

这可真是蹊跷。自拿到新房钥匙那天起，老婆几乎天天都盼着搬新房，可眼下要搬了，她咋没了动静？赵小飞纳闷地问："翠翠，你怎么没收拾东西？是不是哪儿不舒服？"

"我不想搬了！"刘翠翠打断了赵小飞，反问："咱们买房，你从你爹妈那儿没少借钱吧？"

没错，总共借了8万，是父母多年积攒下的养老钱，救急钱。当初借钱时，父母说得很实在，也很让小两口感动：今后手头宽裕了就还，没有就拉倒。这事是摆在桌面上说的，刘翠翠也在场。难道出了啥差头？不等赵小飞琢磨透彻，刘翠翠已起身走来，伸出双手圈住了他的脖子，一脸认真地说："老公，你听我的，这家咱不搬，行吗？"

女人就是女人，想一出是一出，变化总比计划快！赵小飞大为不解，追问："为啥，你总得给我个理由吧。"

理由非常简单。刘翠翠一一道来：第一，两位老人辛苦了一辈子，结婚都是在乡下的老宅里结的，从没住过楼房；第二，你能上大学，能有今天，不都是老人省吃俭用供的吗？第三，老人要不给拿钱，想买房，得等到猴年马月去……

听着听着，赵小飞禁不住心头一热，紧紧搂住刘翠翠“吧”地亲了一口：“老婆，你说咋办就咋办，我全听你的。先让老人住上一年，新鲜新鲜！”

说做就做，小两口马上赶到老人的住处，连拉带劝，硬让两位老人搬进了新房。瞅着洁白的墙壁，时新的家具，老人局促得连手都不知该往哪儿放：“翠翠，这，这不好吧？万一弄脏了，你们不白忙活了？”

“妈，你们只管放心住，啥都不用操心。”刘翠翠笑着说：“住脏了，咱再刷一遍，花不了几个钱。”

“行，行，那我们就住一年。”老人拉着刘翠翠的手看向赵小飞，再三叮嘱：“你听好了，今后你要敢欺负翠翠，我可不饶你！”

搬完家后，每隔上一段日子，刘翠翠便去看望一回老人。一天傍晚，天下大雪，刘翠翠又急急忙忙地跑去新房，进门就搓着手问：“爹，妈，外面真冷，可冻死我了，你们冷不冷？”

“不冷不冷，一点都不冷。这新房啊封闭严实，保暖措施做的也好，可比住老房子受用多了。”老人边说边乐得额头的皱纹都开了花。

时间过得真快，转眼大半年过去。两位老人明事理，执意搬回老房，让小两口住进了新房。没过两个月，物业挨家挨户发出通知，要求业主尽快交纳取暖费。捏着通知，赵小飞皱起了眉头：热力又涨价了，75 平方米的房间总共要交 2000 多块，这对背着十多万债务的两人来说可是笔不小的开销！正自犯愁，刘翠翠倒不着急不着慌地开了口：“老公，去年你听我的，啥事都没过问，表现不错。今年，你还得听我的。热费这事，我来解决。”

你解决？咋解决？莫不是要冲我爹妈借钱吧？这可不行，他们手里没几个子了！赵小飞一头雾水地看着刘翠翠。刘翠翠挤眉弄眼一笑，哼着小曲出了门。不过一个小时，她又回来了，手里扬着一张协议美滋滋地进了屋。

赵小飞接过一看，当场怔住了——老婆竟然办理了停热手续！

在东北，热力是商品，而且新建住房都是分户供暖，可买可不买，可买 30 度也可买 15 度，价钱不一样。见刘翠翠做出这个决定，赵小飞瞪了眼：“你，你脑子没进水吧？科学家都说今年是千年寒冬，小心把咱俩冻成鱼干！”

“停，你老婆我啥时办过没把握的事？”刘翠翠眉飞色舞地回道：“实话告诉你，去年我也没让物业开栓，没交热费，老人没冻着吧？我测量过了，就算在最冷的时候，室内温度都没低过19度。19度，不冷不热，正好。”

敢情，刘翠翠让爹妈住新房，压根就不是啥孝顺，而是拿他们做室温实验呢！好在温度高，让老人平安度过了寒冬。听到这儿，赵小飞点化着刘翠翠的脑门，满脸的哭笑不得：“你呀你，唉，让我说你啥好？”

“当然是聪明、有心计呗。”刘翠翠得意地说：“去年省了两千多，今年再省两千多。这四千块，可够咱俩攒小半年的了！”

科学家的估测，并非无稽之谈。这年初冬刚到，温度便急剧下降，冷得要死。而更让赵小飞和刘翠翠想不到的是，室外有多冷屋内就有多冷，穿着棉衣钻进被窝抱成一团也不顶事。实在难捱，刘翠翠硬着头皮敲开了隔壁的房门，抖索着冻得发青的嘴唇问：“阿姨，你屋里冷不冷？是不是供暖出问题了？”

“供暖没出问题，是人心出了问题吧？”开门的，是个看上去约摸有40多岁的中年女人。女人瞥着刘翠翠，没好气地说：“去年冬天，我和邻居们每天都能看到两个老人在小区里晒太阳。他们是你父母吧？我们跟物业一打听才知道，老人房间里没供暖。”

是没供暖，可室内从没低过19度！

“为了让老人不挨冻，我就和你家楼上、楼下还有左侧的邻居商量，都买了30度的热，有时热得不得不开窗透透凉风。四面都热，老人房里自然就不冷。前些日子看到老人搬走了，我们几家只买了20度。姑娘，谁都有做父母的那一天。再说，邻居住着，天冷，人心不能冷啊！”

听着中年女人的说辞，刘翠翠和赵小飞的脸腾地红了。不过，绝不是冻的……

真假梅花痣

一

高祖登位，四海初定，因“请君入瓮擒韩信”而名满天下的谋臣陈平亦被册封为户牖侯。这年春上，闲来无事，陈平便向天子请假，回老家阳武县户牖乡看望哥嫂。两天后，刚回到乡里，人还没进家门，就听一阵哭喊从邻家大院传来。

听着抓心挠肝的哭声，陈平不由犯了嘀咕。他记得真切，邻家主人姓赵名守礼，当年六畜满圈，钱粮丰足，在整个阳武县都算得上是数一数二的富户。眼下战乱已平，百姓安居，他们家怎么嚎起丧来了？莫非出了大事？念及此，陈平拐向了赵家。

推开大门，抬眼看去，陈平瞅见了三个人：一对白发苍苍的老人和一个年纪轻轻的女子。那年轻女子正跪在老人脚下哭个不停：“娘，娘，我想你啊——”老人双腿一软，也颤颤巍巍地跪了下去，搂住女子悲哭：“翠儿，翠儿，娘对不起你，娘心里有愧啊！”

这是怎么回事？陈平走上前，向站在一旁同样老泪纵横的老头询问。老头眯缝着眼盯着陈平瞅了片刻，忽然身子一颤，就要下跪：“原来是陈家二狗子。啊呸呸呸，瞧我这臭嘴，该打，应该叫陈大人——”

在离开户牖乡、追随汉高祖南征北战前，陈平家境贫寒，没大号，四邻八舍都管他叫二狗子。此时，陈平也认出老头就是曾财大气粗的赵守礼，忙搀住他说道：“赵老爹，乡里乡亲的别见外，请问你们这是？”

“唉，别提了。”赵守礼重重叹口气，一一道来：当年时局不稳，战祸不断，直闹得多少人家家破人亡，妻离子散。20 年前的一天，一帮兵痞闯进赵家，抢掠烧杀，好端端的一个家就活了他赵守礼一口。走投无路之下，他想到了死，打算投河自尽，一死百了。可刚走到河边，就发现有个中年女人一头扎进了滔滔河水。阴错阳差，原本急急赶往阎罗殿的他却救了人。被他救下的女人命也真苦，女儿刚出生不过半月，丈夫就被兵痞给杀了。生逢乱世，一个女人哪有活路？她就将孩子放在一座庙宇门前，想寻死。后来，两个苦命人做了伴，好死赖活的总算熬到了太平盛世。

说到这儿，赵守礼指指仍和老人抱头痛哭的年轻女子，接着说："她就是我老伴的亲生闺女，叫翠儿。老天有眼哪，时隔 20 年，又让她们骨肉重逢了。"

"母女重逢，可喜可贺，可喜可贺。"陈平和赵守礼寒暄一番，告辞出门。谁想没过两天，令人头疼的麻烦事便找上门来——

二

这日清晨，陈平刚刚用过早饭，就见赵守礼急匆匆奔进来，"扑通"一声跪倒在地："陈大人，您见多识广，您说这可如何是好？"

"赵老爹，快起来。您别急，有事咱慢慢说。"陈平扶起了赵守礼。赵守礼摇摇头，苦闷说道："我能不急吗？家里又来了个翠儿！"

什么？又来了个翠儿？陈平不觉一怔。赵守礼说，日子一安稳下来，老伴就和他合计，想找回女儿。这是好事，他不仅没阻拦，还帮着把寻亲告示贴满了整个阳武县。没多久，翠儿看到告示找来。不料昨晚，又一个和翠儿年龄相仿的女子前来认亲。一下子冒出两个女儿，这可怎么办？

陈平听罢，说道："赵老爹，我想见见先来的翠儿，成吗？"

不一会儿，赵守礼把先来的翠儿带到了陈平面前。陈平示意赵守礼退下，开始询问翠儿的身世。话未出口，翠儿已是泪水涟涟：这些年，她活的也极为不易。被遗弃后，一户有钱的人家收养了她。可叫了不到三年爹娘，那对夫妇生下一个能传承烟火的宝贝儿子。从那以后，爹娘翻了脸，让她改口叫老爷太太，身份也由女儿变成了丫鬟。等当牛做马照顾大了少爷，老爷又动了歪心思，要将她卖进烟花楼！她不想作践自己，就偷偷跑到乡下，靠做绣娘挣了些钱，盖了间草房置了点地，勉强度日。

“你娘亲遗弃了你，你不恨她？”陈平问。

“不，一点都不。”翠儿边哭边说：“那年月兵荒马乱，死活难料，娘亲一定有她的难处。大人，你不知道，从小到大，我做梦都想找到娘亲。就算不能趴在娘的怀里撒娇，能哭一场我都知足了。”

“单凭你的说辞，无法证明你就是她的女儿，你可有凭证？”陈平又问。

凭证，当然有。当年庙宇的庙祝可以作证。陈平稍一思忖，又找来第二个翠儿。这个后来者看上去颇为刁蛮泼辣，在和先来的翠儿擦身而过的当儿，竟气鼓鼓地叫骂：“不要脸的冒牌货，是想骗我娘，霸占我继父的房屋吧？”

霸占房产？陈平心下一动，暗暗思忖：两个翠儿，必有一假。假的定是冲着赵守礼的家产来的。俗话说“破家值万贯”，更何况赵家曾风光一时，没准儿哪个犄角旮旯里还藏着价值连城的宝贝呢。

管他有没有宝贝，既然接了这档子夹缠不清的麻烦事，怎么着也要给个说法。详细问过两个翠儿后，次日，陈平便派人去了老人遗弃翠儿的庙宇，寻找证据，谁知就在当晚，赵家又闹了个鸡飞狗跳，差点出了人命！

三

黄昏时分，陈平正坐在院内喝茶，忽听一墙之隔的赵家炸开了锅：“救命啊，快来人啊，老头子不行了——”

是赵守礼的老伴在喊。陈平当即起身，奔了过去。不用问，便知是两个翠儿吵个没完没了，愣把赵守礼给气昏了！

“你们，你们太不孝了！”赵守礼也气得浑身直抖，厉声训斥：“还不快去找郎中，给赵老爹看病？你们俩听好了，赵老爹要有个三长两短，我定将你们打入死牢！”

陈平绝非吓唬两个翠儿。汉高祖改朝换代，推行的是以孝治国，对那些大逆不道的不孝子，一律严惩不贷。好在一通忙活，赵老爹又从鬼门关溜达了回来。捱到半夜，先来的翠儿睡不着，无意中听到赵老爹老两口在隔壁悄声嘀咕。只听赵老爹闷闷地问：“你是闺女的娘，难道就不记得闺女身上有啥标记，比如说胎记？”

“对，我想起来了，翠儿腰上有颗梅花痣，很显眼的梅花痣！”

“冒牌货，这回该打回原形了吧？要不要我让你看看啥叫梅花痣？”这时，后来的翠儿走来，得意地指指后腰。先来的翠儿正要开口，却听娘亲呜呜大哭：“老伴，为了找到女儿，让你操碎了心。郎中说，你这病不轻。等认下亲生闺女，我就把房子卖了，换些银两给你瞧病——”

听着听着，后来的翠儿冷哼一声，快步出了门。先来的翠儿垂首琢磨一番，也悄悄地走了。万万没想到，一提卖房抓药，两个翠儿全都不声不响地没了影。面对这样的结局，赵守礼和老伴欲哭无泪。

“赵老爹，你们怎么愁眉苦脸的？应该高兴才对啊！”得知消息后，陈平笑呵呵地走进了门。赵守礼的老伴禁不住捶胸顿足，哭道：“陈大人，我有罪啊。自打抛弃翠儿后，我的良心就没安生过。我早想好了，等找到翠儿，她就是恨我骂我，我都认。谁让我造孽呢？大人，我真后悔听你的，不然，翠儿也不会走。”

没错，赵守礼被气昏，要卖房看病的确是陈平出的主意。因为派往庙宇寻证的人回来称，据庙祝回忆，那时民不聊生，灾民遍野，仅仅那日就收留了四五个弃婴。说来也巧，其中有两个女婴的襁褓内写着“翠儿”的名字。由于时逢乱世，凭证早丢了。没有凭证，一时难辨真假，陈平便想到了这个办法。

听着老人的埋怨，陈平倒不急不恼，笑道：“老人家，都说有福不用忙，没福跑断肠，你看，你的福气来了——”

福气来了？两位老人愣怔看去，登时又惊喜跳起——先来的那个翠儿又回来了！

翠儿扬着手中的包裹，含泪笑着说：“娘，害你担心了。我回乡下典当了房屋和田地，凑了点银子给爹瞧病。”

“翠儿，你真的是娘的好翠儿？”老人紧紧抱住了翠儿。

翠儿羞赧一笑，拉着娘亲回了屋。关上门，掀开后腰衣襟，一颗指甲大小的梅花痣一下子映入了老人的眼帘！

四

在户牖乡住了一个月，陈平要回长安了。回程途中，刚走出五里地，却见翠儿跪在路边，拦住了他。

"陈大人，谢谢你给了我一次当女儿的机会。"翠儿给陈平磕了头，满眼都是感激："大人你放心，从今往后，他们就是我的亲生爹娘。真的，我这辈子啥都不想要，就想有个热乎乎的家，有个疼我的娘。"

"我相信你，也相信这个秘密只有你知我知，天知地知。"陈平扶起翠儿，心满意足地笑了。原来，这个翠儿并不是赵守礼老伴的亲生闺女，那个后来的翠儿才是。但亲生闺女一听既得不到家产，还要照顾满身是病的继父，便溜之大吉。心地善良的翠儿不想让两老人伤心，就去乡下卖房卖地，打算冒充到底。这一切都被陈平看在了眼里。于是，陈平带她找到一位医术高明的郎中，点了梅花痣，成全了她。

想想这出以假充真、天衣无缝的好戏，陈平情不自禁地夸赞起自己来：我陈平是谁？大名鼎鼎、足智多谋的户牖侯，连天下都帮汉高祖拿下来了，还能搞不掂这桩芝麻大的小事？

他辞别翠儿，美滋滋地又走出五里，谁想，路边又冒出两个人来。

是赵守礼和老伴。两位老人相互搀扶着跪拜在地："陈大人，谢谢你给了我们老两口一个好女儿，给了我一个当娘的机会。"

你说什么？陈平有些心慌，暗想：难道露馅了？不会啊，这件事我做得滴水不漏啊。纳闷间，老人道出了一个小秘密：亲生女儿的腰上确实有颗梅花痣，只不过是在左侧，而翠儿的梅花痣却点在了右侧。

疏忽，这真是个糟糕至极的疏忽！尴尬间，老人又开口了："我们看得出，翠儿是个世上难找的好闺女。从今往后，她就是我们的亲闺女。这个秘密，我们老两口到死都不会说——"

帅哥驾到

吃过午饭，我正想躺一会儿，手机突然响了。一按下接听键，对方的大嗓门便震得我耳朵“嗡嗡”直响：“萧梅，是我。我在你们学校门口的话吧里——”

“你等着我，我这就过去。”挂断电话，我快步奔下寝室楼，跑向校门。很快，一个满脸胡楂的中年男子拐着极为严重的罗圈腿晃来。我赶忙迎上去，急急地拉着他走向街边的一家小饭店。不料，男子边摇头边递来几张百元大钞，又笑呵呵地上下打量了我一番后，侧侧歪歪地走了。

“萧梅，你怎么跑到这儿来了？我到处在找你。”这时，身后传来一阵兴奋的招呼声。

回头看去，是住在我上铺的好姐妹刘楠。刘楠是从偏远的大山沟里考进这所大学的，平素爱说爱笑没愁事，叽叽喳喳的像只麻雀。可有一回，我瞄到她居然躲在校园里的松树林里，偷偷地抹眼泪。不过也就一眨眼的工夫，她又恢复了笑模样，如同什么事都没发生过一样。

“你找我有事？”我问。

“是啊，还是大美事一桩！”刘楠高兴得像捡到了大个的金元宝，喋喋不休：“我哥出去打工，正好从这儿路过。他说下午过来看看我，你说这是不是大美事？对了，我哥叫刘帅，长得人如其名，又帅又高大，心眼也好。萧梅，你不知道，我都想死我哥了！”

“臭美，你就吹吧。”我白了她一眼，说：“帅哥驾到，有我什么事？”刘楠乐不可支地回道：“我要请客，请你，请咱寝室的刘亚娟和赵甜甜好好撮一顿！”

这可真是年初一翻皇历，头一回，我顿觉惊讶。自从去年9月入学以来，手脚勤快的刘楠帮我们几个好姐妹晾过被褥、占过座位，却从未请我们吃过半根冰激凌，更别提下馆子打牙祭了。当然，我们一点儿都不挑她。听说，她父母过世早，家里只有一个哥哥，学费还是乡亲们七拼八凑攒的。如今，被她吹得比潘安还帅的哥哥要来，狠狠地吃她一顿，应该不过分。

整个下午，刘楠心急得不停看表。好不容易捱到下课，刘楠忙不迭地拽起我，又招呼上刘亚娟和赵甜甜，风风火火地赶往校外的小饭店。

“萧梅，你觉得刘楠的哥哥真有刘楠说的那么帅吗？”路上，刘亚娟小声问我。不等我回答，刘楠听到了，美气十足地说：“当然帅了，他是我哥嘛。你们看，那个就是我哥。哥——”

喊声未落，刘楠已飞快地扑去，张开双臂拥住了一个正站在路边东张西望的男子。一瞅之下，我怔住了。难道他就是刘楠口口声声说的帅哥？脸膛黝黑，身材粗短，还穿着一身虽干净却不怎么合体的过气西装。

“喂，你说刘楠不会认错人了吧？”赵甜甜不由皱起了眉头。刘亚娟也是满眼的纳闷：这要叫帅，满大街就都是帅哥了，刘楠的审美标准也忒差了吧？

愣怔间，刘楠拉着哥哥走来，眉飞色舞地介绍说：“姐妹们，我哥刘帅。帅气的帅。”

“小楠，别，别乱说。”男子的脸“腾”地红了，一个劲地搓手，呵呵笑道：“你们好，我妹子常跟我说，你们没少照顾她。谢谢你们了。”

说着，男子竟深深地冲我们几个女孩子鞠了一躬！刘楠一看，忙搂住他的胳膊，说：“哥，她们是我的好姐妹，也就是你的妹子，别跟她们客气，走，吃饭去。”

迈步的当儿，我又吃惊地发现，刘楠的哥哥还是个跛脚，走起路来像鸭子打摆子！

进了饭店，刘楠把哥哥按上正位，点了几个最便宜的小菜，又专门要了一瓶啤酒，给哥哥倒了满满一杯。做完这些，她并没有回到自己的座位，而是趴在哥哥的椅子背上，说个没完没了：“萧梅，亚娟，我哥的手可巧了，做的饭菜比这饭店的都好吃。从小到大，我就喜欢吃我哥烙的油盐饼！”

“小楠，你又在乱说。”男子局促得连手都不知道该放哪儿，“你们都饿了吧？小楠，快，快让你同学吃饭，吃饭。”

“大家看，我和我哥长得是不是很像？”刘楠将脸凑到哥哥腮边，幸福地问：“我没骗你们吧？我哥帅不帅？”我礼貌性地点点头，敷衍：“帅，很帅。”

男子更加不好意思了，要不是脸黑，肯定比火烧云还红，“小楠，哥长得难看——”

“谁说的？我就觉得你帅，你是咱们村里最帅的帅哥。”刘楠不住地给哥哥夹菜，说他聪明能干，会做衣服，会修鞋子，还会唱山歌……说实话，这顿饭我没吃几口。看着刘楠和她那个实在称不上帅的哥哥嘀嘀咕咕，说说笑笑，我总觉得心里堵得慌。无意中一瞥，我注意到刘亚娟也走了神。

上个月末的一天，刘亚娟的母亲来过学校。她母亲是个典型的农村妇女，个头很矮，打扮土气，大概是小时候吃多了四环素，一咧嘴便露出满口的黄牙。那天，她母亲想瞅瞅女儿住的好不好，睡的床暖和不暖和，就打听着走进了寝室。结果，刘亚娟倍觉没面子，气咻咻地将母亲赶下了楼，还对同学们说是她的邻居。

“哥，吃完饭我给你找家小旅店，你在这儿多住一天。明天我带你去看看我的寝室，食堂。食堂可大了，咱全村人吃饭都能坐下——”

“不成不成，我跟人家说好了，今晚得赶回去。”刘楠的哥哥连连摆手。刘楠想了想，说：“要不，咱现在就去？你不是总想看看大学啥样吗？”

不容哥哥再推脱，刘楠亲昵地搂着哥哥的胳膊向校园走去。刘楠曾跟我说过，为了供她念书，哥哥初中没毕业就外出打工赚钱。在她心里，哥哥就是这个世上她最亲也最帅的男人。

“萧梅，走啊，还愣着干吗？”见我没动地儿，刘楠回头喊。

我犹豫了一会儿，掏出手机调出了一个熟悉的号码。这个号码是中午给我送钱的那个罗圈腿男子的。每到月末，他就会来给我送生活费，也想去我的寝室看看，可每次张口，却都被我搪塞过去。

一经接通，我说：“爸，下个月末，我带你在校园里转转。”临末，我又补充了一句，说：“其实，在我心里，你一直都很帅——”

城市媳妇乡下婆

一、家事一锅粥

三年前，当罗燕下定决心要将自己推销给陈涛时，三姑六姨、亲朋好友纷纷相劝：结婚不是买菜，菜不好大不了扔掉。一旦分手，被扔的可是你；等成了“二手女人”，那可就掉价了！罗燕相信自己的眼光，义无反顾地和陈涛去民政局领了那本红皮“驾照”。转眼三年过去，罗燕终于明白：她嫁给的不是陈涛，而是一大家子人！

这天中午，罗燕正想眯一会儿，手机突然响了。

是老公陈涛。陈涛吞吞吐吐地说：“燕燕，我在你公司门口，你能出来一下吗？”

罗燕一听，不觉心头一颤，急问：“是不是又出事了？”

也难怪罗燕会如此问。一周前，陈涛的一个远房亲戚来城里打工，被强拉进洗脚房洗脚。洗着洗着才回过味：城里人和乡下人不一样，肚皮以下的部件都叫脚。谁知刚琢磨出个名堂，警察到了。没办法，陈涛和罗燕只得硬着头皮交罚款，领人。前天，陈涛的嫂子发财心切，也想在城里买房，结果稀里糊涂地钻进了传销窝点……

果不其然，陈涛的回答顿让罗燕如触电般跳起：“家里电脑你存没存重要文件？菊花给弄死机了——”

“陈涛，这日子还能不能过了？我快要被他们逼疯了！”罗燕歇斯底里地大叫着冲出公司，和陈涛钻进她那辆 QQ 往家赶。驶进小区，忙不迭地奔进家门一看，陈涛傻了眼，罗燕蹿了火——菊花是陈涛的妹子，不知怎么把电脑机箱鼓捣冒烟了。陈涛的老妈眼疾手快，一盆水浇了下去！

见小两口赶回，老妈拍拍巴掌，连声说："幸亏我腿脚麻利才没着火。燕燕，一会儿我到拿阳台上晒晒，晒干了还能用吧？"

电脑不是农家院里的柴草，能用才叫见鬼！罗燕慌忙拆开了机箱。完了，硬盘烧了，好多重要材料都毁了！

瞅到罗燕的脸色越来越阴，陈涛赶忙将她拽到一边，低声乞求："燕燕，我找人给你修复。求你了，千万别生气——"

不生气，除非没心没肺！罗燕一时间气得想喊，想大哭一场。可看着陈涛满眼的愧疚和无奈，也只能忍，一忍再忍。想当初，陈涛能走出闭塞的大山沟上大学，并在城市里安家落户，要感谢的人可真不少。首先是老妈，生养之恩大过天；其次是哥嫂，替他赡养母亲打理家事；还有妹子菊花，家里供不起两个人读书，只好让她辍学务农；还有左邻右舍……如今买了房，有了车，陈涛就把老妈接了来。随后，哥嫂妹子，刘叔张姨走马灯似的来来往往。家，差不多成了"流动客栈"。

电脑已坏，发火也没用。就在陈涛劝罗燕的当儿，忽听楼下传来"咚"的一声大响。老妈还真是利索，三步并作两步颠到了窗前。探身一瞧，随即扯着高嗓门叫起来："老大，你以为那鳖壳子是手扶拖拉机哪，撞了吧？伤着没？"

糟糕，刚才走得急，忘了锁车！陈涛和罗燕大惊，快步下楼。人一冲下楼，眼睛顿时呆了——车头狠狠地撞上了花坛的水泥护台！

"老二，弟妹，对不住了。我想试试手，可它不听话。"陈涛的大哥挠着头，嘿嘿讪笑。罗燕恨得一跺脚，拔腿跑出了小区……

二、情事乱糟糟

当晚，为了安抚罗燕，陈涛提前下了班，顺道去菜市场买回一大兜子菜，扎上围裙下了厨。

"老二，还是让妈做吧。"老妈跟进厨房，说："咱们老陈家的男人，包括你爹你哥，可都没做过饭。你跟妈交个实底，你是不是怕燕燕？"陈涛摇摇头，接过话茬："妈，居家过日子，谁做不一样？再说，燕燕人好，心好——"

“可就是脾气不好。”嫂子走来，撇着嘴打断了陈涛：“你哥撞了她的车，你看她那眼神，乖乖，能杀人！我感觉，她今晚是不会回家吃了。”

听到这儿，老妈不觉皱紧了眉头。陈涛没吱声，摸出手机拨下了罗燕的号码。电话接通，罗燕却没接。

“怎么样？让我说中了吧？她这城里媳妇，瞅着咱碍眼！”嫂子继续溜缝。老妈叹口气，犹犹豫豫地看向陈涛：“老二，你听说过周鑫这个人吗？”

周鑫？当然知道。罗燕、周鑫和我是大学同学。陈涛刚要回答，门铃响了。

是罗燕回来了。罗燕手里拎着满满两大兜子菜，一进门就笑容满面地问：“陈涛，你给我打的电话吧？我空不出手，没接。你放下放下，我来做饭。”

话音未落，一家人全愣了。

吃过晚饭，罗燕陪着姑嫂去逛街，家里只剩下了陈涛和老妈。收拾完屋子，陈涛想起老妈提起的话头，问：“妈，你也认识周鑫？”

老妈似乎没听见，定定地瞅着电视走了神，一个劲地嘀嘀咕咕：“不对劲，太不对劲……”

“妈，啥不对劲？说给我听听。”陈涛坐到跟前，纳闷地问。老妈寻思半天，像下了很大的决心般掰着指头一一道来：自古婆媳是冤家，姑嫂是天敌。我到城里一个月了，你哥嫂妹子也来五六天了，事没少惹，麻烦没少添，罗燕咋都忍了？远的不说，今儿个电脑烧了，车子撞了，罗燕赌气跑了，可没过几个钟头她又跟啥事都没发生过一样，还买菜做饭。你不觉得奇怪？

陈涛乐了：“我说过，燕燕心好，不是那种嫌贫爱富的人——”

老妈一脸的心事重重，摆摆手又说出了个小秘密。陈涛的大哥生性暴躁，喝啤酒撒白酒疯，动不动就打媳妇。后来为啥不打，啥事还都顺着媳妇？很简单，有一年他差点着了村东小寡妇的道，被媳妇抓住了短。这人要做了错事，心虚，没底气，男人女人都一样。陈涛越听越糊涂，老妈到底想说啥？

“嗐，你小时候也没让驴踢过，脑瓜咋这么笨？”老妈索性直来直去：“上回，就是你表叔洗脚洗出事那回，罗燕气跑了，我怕出事，偷偷地跟着。她，她竟然跑到别人家去了。我跟门卫打听，门卫说那房子是个叫周鑫的男人的。还有今儿个下午，我躲在墙角，看到罗燕还是从那楼道里出来的。”

原来，老妈不放心罗燕这个城市媳妇，一直暗中盯着呢。

不可能，绝对不可能！陈涛的脑袋摇成了拨浪鼓：罗燕是啥人，我心里有数！

三、心事对谁言

罗燕是啥人，陈涛心里有数；可嫂子老妈能做出啥事，陈涛没数。

这天一早，人还没到公司，陈涛又接到了罗燕打来的报急电话：嫂子看中了她衣柜里的一件衣裳，穿着有点长。老妈自作主张，一剪子下去，剪偏了。要知道那可是罗燕最喜欢的一件，800 多块呢！

“燕燕，消消气，消消气。等月末发了奖金，我再给你买。”陈涛边安慰罗燕边往回赶，救场。孰料，急匆匆地闯进家门却发现：不光罗燕没了影，老妈也丢了！

“菊花，妈去哪儿了？你二嫂呢？”陈涛气喘吁吁地急问。菊花正用罗燕的眉笔描眉，挤咕着眼睛回道：“急啥？一会儿就知道了。”

“我能不急吗？”陈涛终于按捺不住瞪了眼：“大哥大嫂还有你，不光找工作挑三拣四，还对罗燕挑三拣四！还有老妈，不放心这不放心那，总用老眼光看城里人。罗燕是生气，可她也没做对不起你们的事吧？你们这么对她，不公平。我……我是欠你们的，可人家不欠咱！”

“对不起我们没事，可她不能对不起你！”菊花掼下眉笔，拉起陈涛便往门外跑。跑出小区，拐过一道街，远远地就看见老妈躲躲闪闪地往一栋楼里瞅。跑到近前，老妈抬手指向一单元门：3 楼，左门，罗燕在里面呢。

3 楼左门，确是大学同学周鑫的家。

“咚咚咚”一通敲门，门开了，罗燕真在里面。菊花里里外外找了个遍，甚至连马桶盖都掀开看了，没找到第二个人！

“妈，陈涛，你们怎么来了？”罗燕擦擦红红的眼睛，勉强挤出一丝笑。老妈有些发蒙，支支吾吾：“燕燕，我看你跑了，担心你想不开，就，就……”

“谢谢妈关心我，妈真好。哦，我同学去南方度假，让我帮着打扫屋子。这不刚打扫完，我该去上班了。你们也回家吧。”罗燕一面解释，一面去摘挂在客厅落地镜旁的手包。

菊花手快，忙取过包递给了罗燕。

给同学看屋子，这个理由说得通吗？回到家，大家才弄懂这个理由根本站不住脚——菊花偷偷在罗燕手包的外兜里放了能录音的MP3！刚才，她又神不知鬼不觉地拿了回来。

一按下播放键，便传出了罗燕的“呜呜”大哭声：

“罗燕，你不能生气，不能发火！没有你婆婆，没有你嫂子和小姑，哪会有你那么优秀的老公？你婆婆来城里背着那么重的山枣、核桃和柿饼，可都是送给你的。你看你嫂子多朴实，结婚时把家养的鸡全抓了来。去年回乡下，你上山崴了脚，是你小姑子把你背回家的，对你多好！罗燕，你们是一家人，你要学会爱他们，他们也值得你爱。记住，不准发脾气……”

罗燕在跟谁说话？又是谁在开导她？

很快，大家的眼眶湿了，也想明白了：是那面落地镜！受了委屈的罗燕在对着镜子喊，对着镜子哭，在开导镜子里的那个“罗燕”……

你就是那最美的栀子花

一

接到父亲捎来的口信，正在城里读高中的我不得不硬着头皮，极不情愿地往家赶。

今天，我家要办喜事：大哥娶亲，嫂子进门。那个即将成为我嫂子的女人名叫秀芬，不仅个头矮，长相一般，走路有点跛脚，年龄还比大哥大六岁！几天前从街口走，我无意中听到隔壁大婶跟人咬耳朵，说秀芬脑瓜不简单，她嫁给我们陈家肯定是有目的。

啥目的？大哥陈虎当过兵，在一次野外拉练中不幸摔断左腿，成了瘸子。回到地方后，每月仅能领到 600 块补助。退役后，他在街头摆了个修鞋摊，辛苦一天，少说能赚十块二十块。难道她是奔这点钱来的？我没听清，回家偷偷问父亲。不想父亲沉了脸，说：“你个鬼丫头，不是一家人，不进一家门，你怎么总往歪处想？你娘死的早，我又是个病篓子，咱家穷得直掉渣，有啥可惦记的？你嫂子肯嫁给你哥，是咱家的福分！”

不是一家人，不进一家门，哼，那我先试试她。当晚，等前来贺喜的人都走光了，哥嫂也回了房，我四下瞅瞅，突然捂着肚子蹲坐在地，“啊啊”喊痛。嫂子听到了，快步冲出，惶惶地问：“妹子，你怎么了？”

“我，我肚子疼。”我“疼”得龇牙咧嘴，满额头是汗。不过，那汗是事先淋的水。嫂子见状，忙弯腰背起我往医院跑。棚户区的窄巷坑洼不平，趴在嫂子背上，我暗暗偷笑：别看嫂子个头不高，可身板粗实，颠得还挺舒服的。谁知正美滋滋地享受着，我忽觉身子猛地一晃，飞了出去。

很快，我落了地，却没感觉到痛。

原来，在不知被什么东西绊倒的那一刻，嫂子快速翻身，张开双臂把我抱在了她的怀里。亮亮的月光下，我看的呆了——

血，嫂子的脸上流血了！

二

俗话说：猫是鼠的天敌，嫂子是小姑子的天敌。但相处几个月后，我发现嫂子这人，还行。洞房花烛夜，我害得她眉梢上缝了五针，脚脖子也崴了，可她只歇了两天就下地忙起了家务。洗衣做饭，样样在行。转过年，嫂子又在院子里栽满了栀子花。春末夏初，栀子花开，闻着扑鼻的浓香，我时常想：嫂子还不错，今后谁再跟我提“女大六，吃不上肉”，我跟她急！

谁料，好日子没过上几年，不幸降临了。这年初秋的一天，已上大学的我总觉得心神不宁，好像有什么事要发生。一天，我正站在教学楼下发怔，大哥陈虎突然拄着拐杖跑进了校门。

大哥在校外租了间巴掌大的门面，修鞋。这个主意，是嫂子出的。嫂子对大哥说，你的补助和赚的钱，家里一分不要，全供妹子读书，别让她亏着。于是，大哥跟到了百里之外的市里。而养家和照顾老爹，则由嫂子包管。当主意定下来时，老爹拉住我的手，禁不住老泪纵横：“等你出息了，你要敢忘了你嫂子，我可不容你。”

我顿觉眼眶一热，忙扭头看向门外。庭院里，栀子花开得正艳。也就是在那一刻，我忽然发现，其实，嫂子长得不仅不丑，还很漂亮，像栀子花。

看到大哥跑来，我匆匆迎上。大哥拉住我，掉头就走。坐了 4 个多小时的客车赶回家才知道，老爹去世了！我大哭着扑过去，嫂子却紧紧地抱住了我：“妹子，妹子，别哭坏了身子。爹走了，还有嫂子——”

说不清为什么，当着众多乡亲的面，我竟发疯般猛力一推，直将嫂子推坐在地，“都怪你！你说过要好好照顾我爹的，可我爹怎么说走就走了？你说啊——”

我哭得撕心裂肺，嫂子张张嘴巴，欲言又止。等给老爹办完丧事，我也该回校了。走到巷口，嫂子跟了上来。想想自己当时太冲动，昏了头，我应该跟嫂子说声“对不起”。但话到嘴边又咽了下去，头也不回地踏上了公交车。因为，我又听见隔壁大婶在跟人嘀咕：“看到没？她那副孝心样装得还挺像。这回老人一走，不定她能做出啥事来。”

嫂子为啥装？我琢磨了一路，也没琢磨出个名堂。不过，两个月后回家，我总算见识了嫂子的本来面目！

那天，巷口堆满了看热闹的闲人。费了好大的劲，我才挤到家门前。只看了一眼，当即羞臊得满脸通红——敢情，人家是在看嫂子表演呢！只见嫂子披头散发，斜靠在门板上连哭带嚎："我家刚殁了老人，你们就来闹，太欺负人了！你们听着，谁敢动我一指头，我跟他拼命！"

"嫂子，你这是干吗？"我边说边去扶她。谁想嫂子胳膊一挥，气哼哼地翻了脸："谁是你嫂子？上次你推了我个四仰八叉，我没你这小姑子！"

尴尬间，大哥一瘸一拐地跑来，扯起我就往院子里走。进了屋，我问："嫂子这是怎么了？"大哥苦笑不迭："唉，都是让拆迁给闹腾的。"

拆迁？我忽地想起隔壁大婶说过的话：秀芬这个女人头脑不简单，她嫁到陈家肯定有目的。方才她又不认我，莫非就是为了拆迁款？想到这儿，我不免有些心慌，"咱家的房产证呢？"

大哥挠挠头，说："在你嫂子手里攥着呢。你嫂子嫌人家给的补助低，死活不签字。"

我听明白了，整条巷子总共 64 户人家，63 户都签了，只剩下我们陈家。对方给的条件不算太差，勉强能接受，可嫂子一根筋，坚决要做"钉子户"。有几回，对方准备强行拔钉子。嫂子居然爬上房，在房顶上坐了几天几宿！

正说着，嫂子打滚撒泼渴了，大步奔进屋，"咕咚咕咚"地灌了一壶凉水后，接着嚷："陈虎，让你妹子赶紧回校，别再回家里来气我！"

"你凭啥赶我走？"我也来了气，没给嫂子好脸色。嫂子突然哈哈大笑。我登时恍然，这个家已经不是我的了！过门后，嫂子对我那么好，对爹那么孝顺，原来全是为了房子！她让大哥外出，自己留在家照顾老爹，也就是在那段日子里，她已悄悄把房子过户到了自己名下。

这个女人，真是太有心计了！

三

此刻，我恨死了嫂子，恨不得她出门就被车撞死！许是一语成谶，嫂子真的出事了。

一天晚上，嫂子从娘家赶夜路回来，刚走到城郊的小河边，忽见两个手持棍棒的鬼影冷不丁地蹿出。嫂子吓坏了，慌不择路中脚下一滑，骨碌碌地滚进了河里。那条小河水浅，可嫂子个矮，时令又值深秋，河水冰冷，要不是呼救声招来了过路人，恐怕小命难保。

活该，都说不做亏心事，不怕鬼敲门，你心里没鬼，怕啥？当大哥跟我说完嫂子的遭遇后，我一脸的幸灾乐祸。大哥皱着眉，犹犹豫豫地说："妹子，你嫂子住院了。大哥求你件事，行吗？"

"啥事？"我不冷不热地问，"是不是想让我回去看看她？"

"哪……还是算了。"大哥难为情地笑笑，走了。瞅着大哥瘸瘸拐拐地走远，我鼻子一酸，掉了泪。大哥太软弱了，就像嫂子私下篡改房产证这事，他竟然也认了。想想也是，大哥腿瘸，能成个家也不容易。唉，为了大哥，这个周末我就回去一趟，看看那个丑女人吧！

周末到了，我去了医院。可人还没进病房，便听到嫂子又哭又笑的大嗓门传了来："陈虎，你赶紧找妹子回来，这些日子，可担心死我了，你快点！"

"她，她学业忙——"

"忙也不差这一天。你跟妹子说，她嫂子也不想当让人骂遭人恨的钉子户。可我答应过爹，要让妹子过上好日子。我改房照，当着街坊的面赶她走，是怕拆迁的人找她麻烦。我没脸没皮地闹腾，总算赢了！陈虎，你看到了吧，咱给妹子要的新房是100平方米。100平方米啊，你知道有多大吗？"

一时间，我听得呆了。嫂子所做的一切，原都是为了我！

嫂子，对不起，我被恨蒙了眼，你那晚遇到的鬼，是我找高中同学装扮的！正自出神，我又听到大哥说："秀芬，难为你了，我替妹子谢谢你。你处处为她着想，连肚子里的孩子都吓——"

"闭嘴吧你。不就流次产吗？我告诉你，这事不准跟妹子提。对了，快扶我起来，我要去给爹烧纸，我没让他老人家失望。"嫂子兴奋得像个孩子。

我直听得泪流满面，猛地撞开门扑了进去："嫂子——"

四

转眼冬去春来，大型挖掘机开进了棚户区。看着满院花苞簇拥的栀子花，我拉着嫂子的手，问："嫂子，你知道栀子花的花语是什么吗？"

农家院里的栀子花四季常青，从春天一直开到冬天。虽不如牡丹那般富贵，也不如杜鹃那般娇艳，但它依然会不遗余力地吐露芬芳。我从网上查到：栀子花的花语是永恒的爱，是一生相守的喜悦。

嫂子摇摇头，笑了：“你别笑话嫂子，嫂子没文化，不知道。可嫂子栽它，就是觉得她好看，跟妹子一样好看。”

我笑了，笑的泪眼婆娑。接着，我紧紧地拥住了嫂子，在心里一个劲地说：嫂子，你那么爱这个家，爱我，其实，你才是最美的栀子花！

第三辑

EPISODE 3

女友的高招

冒牌救助者

晚上10点，下了夜班刚钻进轿车，黄彪便接到了妻子林梅发来的最后通牒：如果你觉得工作比家、比儿子重要，今晚就不要回来了！

听得出，妻子的口吻硬邦邦的，满含怨气。也难怪，今天是儿子小虎的生日，下午4点林梅就买回蛋糕，做好饭菜，等他回家共同庆祝。孰料，老板临时安排了项急活，必须加班完成。两头都在催，黄彪分身乏术，一时间忙成了陀螺。好在没出纰漏，一交完差便开足马力，急匆匆往家赶。

车到第一个路口，林梅的电话又追命般响起："喂，小虎一直在等你，都快睡着了，你不会让他的生日过到明天去吧？"

"梅子，你别生气。多说10分钟，10分钟内我保证到家。"挂断电话，黄彪正想加速，却又硬生生踩了刹车，那颗心也"嗖"地提到了嗓子眼里。

有情况，而且非常严重——前方几米远处，一辆出租车冷不丁画起了"8"字！

真要命，这边着急赶路，偏又撞上该死的醉驾。你着急投胎，我可不想跟你做伴。黄彪猛打方向盘，在躲过醉汉般东摇西晃的出租车的同时，探出车窗叫骂："喂，你鬼上身了吧？想找死撞电线杆去——"

喊声未落，黄彪不觉呆住了。只见出租车真的撞上了路边的电线杆，紧接着车门洞开，的哥满脸是血，边往外跑边惊慌大叫："救命啊，抢劫了——"

不是醉鬼，是劫匪！黄彪当过兵，体格好，又是热心肠，路见不平岂能袖手旁观？瞅到歹徒手握锤子追出，他顾不上多想，顺手一划拉，抄起瓶矿泉水冲下车，照着歹徒的脑袋狠狠砸下。平地冒出个大块头，又不知他手中用的是啥武器，歹徒慌了神，扔了锤子撒丫子就逃。

逃？碰上我算你倒了大霉！黄彪喝声“哪里跑”，快步追上，一搭手抓住歹徒的后脖领，随即使个脚绊摔趴在地。担心再出意外，黄彪索性扒下歹徒的衣服，倒背双手将他捆了个结结实实。刚做完这一切，手机又响了。

还是林梅。林梅气哼哼地嚷：“你眼里的10分钟不会是一个世纪吧？小虎都在小区门口等半天了！”

“对不起对不起，遇到点小麻烦，我马上到。”说完，黄彪踢了歹徒一脚，看向受伤的的哥：“你报警了吧？我家里有事，不能陪你等了。你放心，我捆的是死扣，他动不了。”

一路疾驰，等黄彪驶进小区时已过了半个小时。8岁的儿子小虎笑着扑来，稚声问：“爸爸，我的生日礼物呢？”

糟糕，从早到晚忙得焦头烂额，连礼物都忘了买。黄彪歉疚地看了林梅一眼，抱起儿子往家走：“小虎，爸爸忙昏了头，等明天一定给你补上。哦，爸爸今晚做了件大好事，抓了个抢劫出租车的歹徒。”

小虎一听，兴奋地连喊带叫我爸爸是英雄，抓坏蛋的大英雄。第二天一早，黄彪勇擒歹徒的事儿便一阵风似的传遍了整座小区。四邻八舍都来询问，是不是真的？黄彪拍着胸脯，眉飞色舞：当然。小事一桩，不值一提。咱见义勇为不图名不图利，昨晚的哥一再问我姓甚名谁，我老黄愣是没留名！可得意劲没过，意外发生了——傍晚时分，小虎竟然没回家！

莫非，那个歹徒逃跑，寻仇来了？黄彪愈觉不妙，忙和林梅四处寻找。心急火燎，直找到天色渐黑，才在小区外的一个隐蔽旮旯里发现了小虎。

“小虎，谁欺负你了？”黄彪急问。不想，小虎一把推开他，噘着小嘴颠颠跑开：“别碰我，你不是个好爸爸，你撒谎，你骗人！”

撒谎？我撒啥谎了？黄彪不由犯了闷。当晚，在本市电视台滚动播出的新闻节目里，黄彪总算弄明白了事情的原委：的哥遭遇歹徒，头部受伤，幸亏路人出手相救才逃过一劫。而接受采访的见义勇为者居然不是他黄彪，而是另外一个名叫陈一鸣的中年男人！这则新闻中午就已播出，小虎逢人便说救人的是爸爸，结果遭到了同学们的嘲笑。更让黄彪始料不及的是，街坊邻居也纷纷用古怪的眼神瞧他，含讽带刺：大黄，恭喜你成名人了！万分郁闷地回到家，林梅又不冷不热地甩过一句话：名人，回来了？昨晚见义勇为，今儿个没英雄救美吧？

这个名，分明是臭名！听说过考试有顶替的，当官有顶坑的，坐牢有顶缸的，没想到见义勇为也有冒名抢功的！黄彪越寻思越恼火，决定去找那个冒牌货陈一鸣讨个说法，不为出名，只为正名。

这座小城不大，没怎么费周折，黄彪就找上了门。“咣咣”一通猛砸，房内毫无动静，倒把隔壁的门板给震开了。一个女人探出头，说陈一鸣在医院，好几天都没回来了。黄彪转身又奔向医院。风风火火一踏进走廊，便和一个脑袋缠满纱布、包裹得像粽子般的病人撞了个对头碰。

“你是那个司机？”

“你是那个好人——”

几乎在同一时间，两人已认出彼此，不约而同地叫出了声。黄彪心里正窝着一股子火，冷哼：“狗屁好人，我纯粹是狗拿耗子，多管闲事！”

“你，你咋能这么说？”的哥愣眉愣眼。黄彪开门见山，直截了当地问：“是我救的你，对吧？是我制服了歹徒，对吧？我没图名气，对吧？”

的哥不住地点头：“对，对对。你是好人——”

“别叫我好人，叫我骗子就行。反正在左邻右舍和我儿子眼里，我早成了鬼话连篇的大骗子！”黄彪越说越激动：“我只想知道，为啥接受采访上电视的是别人？为啥半个字都没提我？”

的哥的神情看上去有些慌，紧忙拉住黄彪的手往医院外走：“对不起，这事都怪我，都怪自己脑子发热没办好，让你受委屈了。当时，你前脚刚走，他就来了——”

从的哥的低声诉说中，黄彪听到了后来发生的事。他驾车一离开，歹徒便央求的哥高抬贵手，放他一马。的哥自然不同意，可又担心歹徒挣脱，溜掉。就在惴惴不安的当儿，陈老蔫来了。陈老蔫是陈一鸣的外号，的哥的老邻居。想当年，陈一鸣的父母巴望着他能出人头地，一鸣惊人，就给他起了这个赫亮的名字。谁知，他生性老实巴交，活得窝窝囊囊，属于三脚踹不出个屁来的主儿，甚至连老婆都养不住，扔下个七八岁的女儿跟人远走高飞。

“你跟我说这些，和冒名顶替有一毛钱关系吗？”黄彪余气未消，烦烦地打断了的哥。的哥叹口气，回道：“陈老蔫的女儿叫丫丫。她妈没跑的时候，一天到晚总骂陈老蔫没能耐，是个废物，动不动还打他。你想想，天天骂声入耳，小伙伴们也嘲笑她爸是武大郎，丫丫会咋想？几天前，陈老蔫和我喝酒，呜呜地哭，说丫丫已经一年多没和他说话了。他明白，女儿也瞧不起他。其实，陈老蔫虽然胆小，老实过了头，可他是个好父亲，一门心思地爱着孩子。就像这次丫丫生病，他守在床前，三天三夜没合眼。那天晚上，陈老蔫和我看着劫匪等警察。劫匪几次想跑，都被他摁倒。尽管，他也吓得浑身直发抖。见记者也跟着警察到来，我就想出了这个馊主意，让陈老蔫也勇敢一回。好人哪，实在对不住，我这就和记者说清事实，给你正名。"

的哥摸出电话正要拨打报纸热线，却见一个个头不高、脸庞黑黑的中年男人轻手轻脚退出病房，眼圈含着泪冲的哥手舞足蹈："老宋，老宋，丫丫看了电视，终于肯跟我说话了。你猜，她说的啥？"

这个中年男子，恰是出现在电视上的陈一鸣。他紧紧攥住的哥的手，喜极而泣："丫丫说，爸爸，我爱你——"

瞅到一个大老爷们，因为一句话竟热泪盈眶，黄彪顿觉心头一颤。人家也在场，当算第二施救人，不是冒牌货。怔怔地发了阵子呆，他回转身，迈开大步要走，却又定住了。

不知何时，妻子林梅领着儿子小虎已站在了身后。小虎扬着小脸，稚声说："爸爸，我也爱你，我和妈妈都爱你——"

女友的高招

一、难以追讨的债务

都说“欠账的是大爷，讨债的是孙子”，可欧阳觉得，有些大爷简直比修炼成精的耗子还贼，想抓到影儿，做你的春秋大梦去吧！

这天傍晚，欧阳顾不上吃饭，再次赶往柳树巷。半小时后，欧阳气喘吁吁地敲响了174号房门。这个房主叫陈二，欠着欧阳1万多块钱。可耐着性子“咚咚”地敲了半天，屋内愣没发出一丝儿动静。

早在半年前，陈二便拍着胸脯跟欧阳信誓旦旦：我要去外地出趟差，三五天就回。你放心，我老爹在你那儿押着呢，我还能跑了不成？等哥回来，钱立马到位。不料，这位哥前脚一走便跟人间蒸发般消失了，电话打不通，人也没了信。

奶奶的，他不会去月球出差、昏头坐过站了吧？欧阳苦笑着摇摇头，走出柳树巷又拐进清水巷，站在了一座破败不堪的平房前。

举手敲门，一个面色憔悴的女人迎出来。两下一照面，女人顿时尴尬不已：“欧先生，真是对不住了。张顺的赔偿款还没下来，要不，我这就去接老太太？”

“不必了。我没事，顺道过来看看。”欧阳敷衍几句，扭身走了。这个女人欠他4000块钱，可瞅瞅她家的状况，欧阳实在张不开口。她的丈夫叫张顺，是个跑长途的货车司机，半年前遭遇车祸撞断了左腿；6岁的女儿又患有小儿麻痹，需要她照顾。因担心妻子累垮，张顺就给欧阳打了个电话，把行动不便的母亲送到了欧阳开办的老年公寓，等索赔款一下来就交纳费用。谁想，赔偿款如同天上的星星，看得见，摸不着。

接下来，欧阳又忙不停地跑了两家，结果都是无功而返。夜幕降临，满心郁闷地走到江畔，欧阳拨响了女友赵晓梅的电话，苦闷地说："晓梅，你能来陪陪我吗？"

赵晓梅在一家市场调查公司上班，人聪明，主意多。不一会儿工夫，赵晓梅急匆匆地来了，问："欧阳，你是不是遇到麻烦了？说给我听听，没准儿我能帮你。"

帮我？哪有那么简单，欧阳重重地叹口气。去年，欧阳大学毕业后看中了"夕阳行业"，便用父母留下的老房子做抵押，贷款办起了"老来笑"老年公寓。眼下，中国正进入老龄化社会，这个行业应该大有前景。可经营到现在，一分回头钱也没揣进兜。更气人的是，有些人把父母往公寓一送，随后就尥蹶子没了踪影。家境不好的拖欠几个月尚能理解，可有几位身穿貂皮、家养名贵宠物的竟然也耍起了臭无赖。不说别人，就说聂倩吧，看她满身珠光宝气，绝非差钱的主儿。截止上个月，聂倩已拖欠老年公寓三个月的费用。欧阳担心她愈欠愈多，就多长了个心眼，亲自把她婆婆送回家，想以此追讨欠款。而让欧阳万万没想到的是，聂倩的心眼多得就像马蜂窝，支来支去支到今天，始终没给半分。刚才又去讨，聂倩杏眼一瞪撒起了泼：要啥要？就你们那破公寓，跟贫民窟有啥两样？你听好了，要再来胡闹，我告你非礼！非礼啦，儿子，快帮帮妈妈——

瞅你那大底盘、高吨位，我都怕你压死我！欧阳正欲反驳，只见她的"儿子"——一只牛犊般大的黑色大獒忽地蹿出，龇牙咧嘴地扑来。

好男不和女斗，更何况人家是"上阵母子兵"，欧阳落荒而逃……

二、难以忍受的憋屈

屡屡催要，屡屡受挫，要再收不回欠债，"老来笑"怕真得关门，成"老来哭"了！站在江畔，欧阳越想越憋屈，吞吞吐吐地对赵晓梅说："我想和你借样东西，行吗？"

"当然行，只要我有的，都借给你。"赵晓梅深爱着欧阳，回答得非常干脆："说吧，借啥？"

欧阳稍一犹豫，突然伸开双臂搂住赵晓梅，贴近她的耳际喃喃："我只想借你的肩，痛痛快快地大哭一场……”

“哭吧，想哭就哭。欧阳，我知道你心里苦。”赵晓梅拍拍欧阳的后背，眼泪倒先止不住地流满了脸。她清楚，欧阳开老年公寓不只是为了赚钱。6岁那年，父母离异，母亲改嫁他人，父亲也抛下他和一座破房子远走高飞。他是跟奶奶长大的，奶奶体弱多病，一直住在福利院里。奶奶去世后，他还经常去福利院转转，看看那些供养他读书的老人。这也是他就算赔本倒贴也要苦苦支撑的原因。

“哪我真哭了？你可别笑话我。”欧阳含泪说完，真就伏在赵晓梅的肩上“呜呜”大哭。哭了一阵子，欧阳一咬牙，擦擦泪做出了决定：改行！

改行？赵晓梅一听，惊讶得叫出了声：“你能放得下那些老人？张顺家那么困难，你忍心送老太太回去？还有陈二，跟鬼似的连个影子都捉不到，你总不能把老人往外一推，不管不问吧？”

赵晓梅说的没错。“老来笑”现有36位老人，和儿女失去联系的有7个，像张顺那种情况的有3个，欠债最多的当属陈二，1万4。眼下进退两难，欧阳愤愤地说：“最可恨的就是聂倩，欠账不还也就罢了，还放她儿子咬我！”

“这叫‘有其母必有其子’，和这种人生气，犯不上。”听着欧阳的诉说，赵晓梅“咯咯”地笑弯了腰，笑着笑着不由眼前一亮：“欧阳，我倒想出一个生财之道——”

“真的？啥道道？”欧阳急不可耐地追问。赵晓梅想了想，回道：“眼前还只是个想法，等我考虑考虑再告诉你。”

两天后的早晨，赵晓梅风风火火地跑进了“老来笑”。欧阳忙问：“想的咋样了？我账上的那几毛钱最多还能维持个十天半月。”

十天半月不成，至少得撑到年底。赵晓梅催促说，我的线人发来可靠情报，陈二那小子一直躲着你，这工夫刚进家门。你赶紧去柳树巷，别让他脚底抹油再溜了！

敢情，赵晓梅花钱雇了陈二对门的女主人做“眼线”。门对门住着，情报肯定准。欧阳拔腿奔出了公寓。还别说，这回真把陈二堵了个正着，求爷爷告奶奶总算讨回了两万欠债和预付款。走在回公寓的路上，欧阳犯了嘀咕：雇眼线讨债，难道就是赵晓梅的高招？说实话，这个招也高不到哪儿去。闷闷地想着，刚踏进公寓，欧阳当即愣住了——

丁丁咣咣，赵晓梅正带人拆房扒屋呢！

三、难以言说的世道

我是说过改行，可我又改回来了，不管再难都要把“老来笑”办下去。你自作主张拆了房，我让老人睡大街啊！一缓过神，欧阳便冲着赵晓梅喊：“别拆！快让他们停手——”

“喊啥？没看出我在帮你吗？”赵晓梅抬手擦去额头的汗，一脸的信心十足：“我和朋友做过市场分析，我要办的公司肯定比你的老年公寓挣钱。”

这儿地处城郊，比较安静，只适合开老年公寓。欧阳纳闷地问：“你葫芦里卖的到底是啥牌子的大力丸，跟我说明白，行吗？”

“自己瞧，我忙着呢。”赵晓梅再不理他的茬，指挥着木匠瓦匠一通胡敲乱打。欧阳杵在一旁愣眉愣眼地瞅，慢慢瞧出了名堂：女友赵晓梅并未拆房，她折腾是那几间闲置的空屋。屋子本就不大，经她一拾掇，一间隔成四间，变成了“胶囊公寓”。

这“胶囊公寓”要建在市中心，光当包租婆包租公就能赚个盆满钵满，可这是哪儿？偏远的城旮旯，你租给鬼住鬼都嫌远！欧阳苦笑不迭，正要阻拦，赵晓梅带着木匠师傅又忙开了。眨眼间，“胶囊”内又加了隔断，做成了一米见方的“鸽子窝”。

“鸽子窝”住人，小点；放骨灰盒，大点。你到底在玩啥把戏？欧阳一头雾水。赵晓梅笑笑，回道：“建公寓。”

建公寓？欧阳倍感吃惊：“就你这公寓，给猫狗住还行——”

“算你聪明！”赵晓梅接过话茬，说：“我要建的就是宠物公寓。说实话，要不是聂倩的儿子咬你，我也不会想到‘以宠养老’这个招。”

以宠养老，能行得通吗？欧阳心里一点底儿都没有。一周后，恰逢农历小年那天，宠物公寓正式开张。出人意料的是，赵晓梅只在高档住宅区的宣传栏里贴了几份小广告，客源便纷至沓来。时值年关，不少豢养宠物的人要出门旅游、访亲探友，单独把猫猫狗狗放在家里不放心，就送到宠物公寓寄养，一天收费 100 块。

一天 100，半月 1500，瞅着赵晓梅和新聘的管理员忙忙活活地给宠物做检查、登记，欧阳禁不住连连咋舌：“老来乐”收住一位老人，一个月的费用不过1200！心下正发感慨呢，一辆瓦亮的黑色轿车“呜”地驶进了公寓。

车门打开，欧阳不觉一怔——从车里钻出的，是聂倩和她的“儿子”，还有年迈的婆婆！

“赵小姐，我和老公要去旅游，大约半个月吧。我想把儿子放你这儿，你可要给我照顾好了。”聂倩说。赵晓梅瞥了她一眼，回道：“大型食肉犬，一天200，请先交一个月押金。”

光押金就六千，她这种胡搅蛮缠的人能舍得出血？这个念头刚从欧阳的脑子里冒出来，就见聂倩二话不说打开坤包，摸出了厚厚一沓嘎嘎新的人民币！

乖乖，太阳真是从西边出来了，快还我钱！欧阳缓过神，快步奔去。

欧阳看的真真切切，聂倩皱了下眉，接着将他拽到一边，赔着笑说：“欧先生，对不起，我欠你三个月总共三千六，对吧？你是做大生意的，也不在乎个一百二百。咱把零头抹了，算三千，好算账。老太太说了，你这儿服务好，伙食好，住着顺心，她还想再住半年。半年六个月，一月一千二，半年七千二，去掉零头整七千。给，这是一万。对了，二月平，只有28天，你占大便宜了——”

这账算的，真叫个精明！寄养宠物，出手阔绰；送养老人，斤斤计较，这叫啥世道？瞅着聂倩薄嘴皮上下翻飞，喋喋不休地讨价还价，欧阳气得差点昏过去……

找个人，说说话

这天早晨，受公司指派，肖凯前往黎城洽谈一笔生意。谁知火车还没开出一站地，便接到了妻子赵梅打来的电话——老爹丢了！

肖凯听得心头一哆嗦：一早上班时，老爹还没起床。这才过了两个小时，怎么会丢？不等询问，赵梅的大嗓门又传了来："都怪你，出门不锁门，害得我找到现在都没找到，腿都跑断了！"

幸好出差坐的是火车，不是飞机。车到小站，肖凯箭步跳下，打车往回返。这一路，手机一直紧贴耳根，等赵梅的消息。可赵梅除了哭就是埋怨，始终没老爹的准信儿。肖凯越发着急，不停催促司机快点，再快点。司机被催烦了，硬邦邦回道："我这车安的是轱辘，不是翅膀。想快，你打火箭去！"

肖凯的老爹今年76，身体还硬朗，只是记性越来越差。医生说是患了老年健忘症，尽量别让他单独出门，以防走丢。三年前，母亲去世时拉着肖凯的手再三叮嘱：你爹这辈子不容易，没享几天福，你可要替妈好好照顾他，别为难着他，行吗？肖凯眼圈含泪，连连点头。老妈走后，肖凯就将老爹接进城，住在了一起。妻子赵梅也算个难得的好儿媳，处处小心侍候，没给过老人半点脸色。不料，最近这段日子，老爹的脾气明显见长，跟小孩似的想一出是一出。这不，一眼没留神，竟然走丢了！

风风火火赶回，刚钻出车，肖凯便看到小区门口围了一大堆人，其中还有警察。

不好，是不是出大事了？肖凯不敢多想，拔腿冲去。急不可耐地挤进人群，一眼就瞅见赵梅正一个劲地给警察鞠躬。老爹躲在赵梅身后，窘迫得站也不是坐也不是，手都不知道往哪儿放。

“肖凯，找到爹了，是警察帮着找到的。在大十字路口，差点，差点——”

听着赵梅的哭诉，肖凯不觉吓出了一身冷汗。大十字路口是这座县城交通最拥堵的地段，车多的就像苍蝇扑臭肉。老爹转了向，红灯亮了还往前走。要不是交警反应快，后果不堪设想！谢过警察，肖凯拉着老爹往家走。开门进屋，老爹倒也瞧得清火候，闷头扎进卧室再不露面。肖凯气鼓鼓地追上去，抬手要砸门，最终却砸上了自己的脑门，拖着哭腔说：“爹，算我求你了，你就安稳点，成吗？”

“老公，你别喊了，爹没事就好——”

“今天没事，明天没事，谁敢保证后天也没事？”肖凯急歪歪地打断了赵梅：“我们两个都得上班，总不能天天在家守着吧？你说该怎么办？”

这倒是个叫人头疼的难题。正犯愁，手机响了，是赵梅的大姐。老爹走丢，赵梅急得六神无主乱了阵脚，只好求大姐帮忙找人。听着赵梅跟大姐通电话，肖凯眼前一亮：对，给老爹买部手机，挂在他脖子上，这样就不怕走丢了。一拿定主意，肖凯便跑去手机店，挑选了一款抗摔打、功能强的手机，并输入了自己和妻子的号码。

“爹，给你打电话的只有我和赵梅，只要响，你就接。记住了吗？”肖凯接连叮嘱了几遍。老爹翻来覆去地摆弄着新手机，乐得满脸的皱纹都开了花：“记住了记住了，爹又没痴没傻，哪能记不住？”

记住就好。可肖凯还有点不放心，又加了道保险：每天早晨上班，必将房门反锁。为了不闷着老爹，知道他老人家爱听京剧，就捧回厚厚一摞光盘，足够他听上个一年半载。赵梅心也细，托朋友捎回不少脸谱，供老人解闷。本以为万事大吉，可半月后的一天中午，赵梅打来的电话又让肖凯的心一下子提溜到了嗓子眼里：“肖凯，爹在跟谁通话？我打了几遍，一直占线。”

不可能，老爹的手机号只有我俩知道。心下想着，肖凯拨出了老爹的号码。蜂鸣过后，果如赵梅所言：“对不起，你拨打的号码正在通话中，请稍后再拨。”

又耐着性子等了 5 分钟，再次拨打，结果还是占线。肖凯坐不住了，紧忙给赵梅打。赵梅说，半小时前就这样。肖凯的脑子里倏地冒出个不祥的念头，催赵梅快点回家看看，是不是老爹出了什么事。10 分钟不到，赵梅回了话，口气里满是惊慌：“你快回来啊，老爹又丢了——”

人没了影，手机也打不通，真是活活急死人！就在跑得双腿发软、急得焦头烂额的时候，肖凯想到了一个人：大学同学陈胜利。陈胜利在县公安局刑侦科做技术员，能定位老爹的电话。念及此，肖凯风风火火赶去，央求帮忙。别说，高科技就是高科技，短短数秒，大体方位找到了：人在城东镜湖一带！

“谢谢，太谢谢你了，改天我请你吃饭。”顾不上多客套，肖凯奔出门拦了辆出租，和赵梅匆匆赶往镜湖。坐在车内，赵梅又一次拨出了老爹的号码。

“肖凯，还在通话中。你说，爹会跟谁唠个没完没了？”赵梅问。肖凯摇摇头，乡下的亲戚大多已不来往，城里又没老友，天知道老爹在跟谁通话。不，出租车刚到镜湖，肖凯便惊讶地张大了嘴巴——镜湖附近，有一座陵园，肖凯的母亲就安葬在园内。远远看去，只见老爹坐在母亲的墓前，边抚摸墓碑边打电话。

愣怔片刻，肖凯和赵梅快步跑上前，急问：“爹，你怎么跑到这儿来了？你在跟谁说话？”

“我，我……”老爹显然一慌，忙不迭挂断电话，支支吾吾：“我没事，我，我就是想找个人，说说话。”

你找的人，不会是……母亲吧？肖凯和赵梅对了下眼神，顿时心慌得要命。母亲已经去世三年了，怎么会和老爹通话？越想越觉得不可思议，肖凯一把抓过老爹的手机，手忙脚乱地调出了通话记录。仅看了一眼，肖凯就叫出了声！

那串号码熟悉得不能再熟悉，的的确确是母亲生前用过的！

“肖凯，你一定看错了。这都三年了，你的记性哪有那么好。你别吓我，我怕。”赵梅脸色大变，语无伦次地让肖凯瞪大眼睛再看一遍。肖凯强稳心神，抖动着手细看。

没错，这个号码是自己给妈买的，老爹也是在和这个号码通话，通话时间长达 1 小时 36 分！

一时间，肖凯和赵梅都傻了。老爹似乎感觉到了什么，满眼内疚，说：“小凯，赵梅，是爹错了。爹不该到处乱跑，爹这就跟你们回去——”

“爹，妈……妈都跟你说什么了？”赵梅吞吞吐吐。肖凯从惊恐中醒过神，大声打断了赵梅："你别胡扯，这不是真的！"

记得一年前，肖凯带老爹去医院检查身体，医生给出的诊断是健忘症，并且会愈来愈严重，有可能转变成老年痴呆，连自己的姓名和门牌号都记不得。像爹这种情况，能记得母亲的墓碑不奇怪，令人难以置信的是三年过去了，他竟还能一字不差地记起母亲的手机号！

"肖凯，不会是，是，是妈叫爹来的吧？"赵梅神情惶惶地扫了一眼墓碑，估计要有点风吹草动，她都会吓瘫在地。

是不是，打一下就知道。肖凯一咬牙，回拨过去。很快，电话里传出一个苍老的声音："你说，我在听。"

一经接通，赵梅不由双腿打战，紧捂嘴巴连大气都不敢出。不过，肖凯听清楚了，对方是个老年女人不假，但绝不是母亲！

"你是谁？"赵凯颤声问。对方沉默了几秒钟，反问："你又是谁？"

赵凯脱口回道："我是我爹的儿子——"

这不废话吗？不待赵凯想出更恰当的说辞，对方已打开了话匣子："你是给我打电话的老人的儿子，对吧？一个多小时前，我接到了这个陌生电话。他开口就说：我知道你累，你好好躺着，我说，你听。于是，我就一直在听。既然你是他儿子，那我得说你两句。你是不是天天把老爹关在家里，下班回家也和他说不上两句话？孩子，他说了，你和媳妇好吃好喝好玩地孝敬他，照顾他，他知足，可他闷得慌，就想找个人说说话。他一说就是一个多小时，我没拦他，也没插话。他说起了你小时候的事，上学的事，还有结婚后的事，边说边哭，哭一阵子又笑。孩子，我也是个老人，明白老人心里的闷。有时间你多陪陪他，人到老，也就这点念想……"

原来，母亲离世后，这个号码再没用过，最后自动注销，不久前，电话那端的老人又碰巧注册了这个号。听着听着，肖凯想起了母亲病重住院时的情景。那段日子，老爹从早到晚守在病床边，他担心母亲累，就握着母亲的手一个人絮絮叨叨，有时能说上一整天。医生说老爹健忘，可几十年来发生在他身上的每一件每一桩事，怎么都记忆犹新？琢磨半晌，肖凯终于恍然，这就是一个父亲对家、对女儿最深切的爱。

爱，哪容遗忘？一想明白这些，肖凯和赵梅搀扶着老爹回家。他想好了，今后，尽量推掉应酬早点回家，多陪老爹说说话……

家有“夜哭郎”

半夜12点，满眼血丝的赵顺紧盯着摆放在床头柜上的闹钟，双手合十不停地求爷爷告奶奶：小祖宗，求求你，你就饶了你苦命的爹妈吧。下辈子，我给你当儿子，成吗？四，三，二，一……

倒数完毕，没动静。赵顺顿时兴奋不已，忙去推老婆孙艳玲。孙艳玲醒了，迷迷糊糊中看到赵顺比比划划，还以为出了什么事，慌忙掏出塞住耳朵的棉球问：“赵顺，怎么了？”

“嘘，小点声。”赵顺指指床边的摇篮，低声说：“告诉你个好事。我留意过了，零点一到，咱儿子准时开哭，前后差不上半分钟。你看，现在都零点10分了还没哭。今晚，你就安安稳稳地睡吧。”

孙艳玲一听，差点气晕过去。最近几天，15个月大的儿子别扭每到半夜便哭闹不停，任凭你怎么哄，不闹到天亮绝不罢休。白天要上班，晚上又睡不好，艳玲都快被折腾疯了。实在没辙，艳玲只好塞紧耳朵早睡。谁知刚刚睡着，却被老公给弄醒了！

赵顺啊赵顺，你小时候没被驴踢过，也肯定掉过菜窖摔坏了脑子！孙艳玲恨得牙痒，没好气地数落一通侧身要睡，却听摇篮“吱呀”响动，儿子别扭蹬蹬小腿，哇哇大哭。赵顺苦笑不迭，赶忙抱起儿子开哄：“小祖宗，不哭不哭，老爸给你学灰太狼——”

“完了，这一宿又完了！赵顺，你听着，明晚就算睡大街我也不回来了！”孙艳玲也跟着嚷。一时间，孩子哭，老婆闹，赵顺愁得脑袋比水瓢还大：“你就别凑热闹了！要怪也只能怪你，偏偏给儿子起名叫别扭。别扭，赵别扭，他要不找别扭都对不起这名！”

孙艳玲反唇相讥："还不是因为你妈？天天找我别扭！别扭是她孙子，她怎么不来照顾？"

喊声未落，"咚咚咚"，敲门声响了。赵顺和孙艳玲一下子噤了声。眼下正好零点半，这个光景谁能来？怕不是扰民，邻居兴师问罪吧？满心疑惑地打开门一瞧，两人不禁大怔，惊讶得叫出了声："妈，你怎么来了？"

来的不是别人，而是赵顺的老妈，孙艳玲的婆婆。昨天临近中午，赵顺给住在乡下的父母打了个电话，说起了别扭闹夜的事。没想到，婆婆撂下电话便匆匆赶往车站，买了无座票。这一路，站了足足有10多个小时。进了门，顾不上歇口气，婆婆便接过别扭，说："你们睡吧，顺心……哦，别扭我来哄。"

老话说，猫是耗子的天敌，黄鼠狼是鸡的天敌，这婆婆便是儿媳的天敌。自打赵顺和孙艳玲结婚那天起，婆婆就成了太平洋警察，啥事都管：没事别总下馆子，要节省；被罩床单一周一洗，要勤快；瞧瞧，门口的垃圾都馊了……还有更可气的呢，小两口是在乡下进的洞房。花烛之夜，赶上天降大雨，这当婆婆的居然在门口守到天亮。小两口一按捺不住闹出点动静，门板准响。次日吃完早饭，孙艳玲捡了桌子一走进厨房，婆婆便跟进来，敲着饭碗旁敲侧击：打雷下雨，贪吃伤身。

听听，有这么跟儿媳说话的吗？孙艳玲暗自嘟囔：老封建，老顽固！后来，小两口回了城，婆婆隔三差五就给赵顺打电话侦查"敌情"，照旧指手画脚。生下儿子那天，婆婆乐得眉开眼笑，说：艳玲，给孩子起名没？叫顺心咋样？顺心，顺顺心心。问话的当儿，孙艳玲正瞅着满肚皮的妊娠纹闹心呢，于是随口回道：顺啥心？就叫别扭！气话出口，婆婆只是一愣怔，接着一个劲地点头：行，行，贱名好养活，就叫别扭。

没想到，这个小别扭真够别扭的，事事拧着来。这几天，又活脱脱地成了"夜哭郎"。好在婆婆进门，一连两个晚上，孙艳玲都没听到儿子的哭喊声。这天半夜，孙艳玲揉着睡眼去卫生间。经过婆婆房门时无意中瞅了一眼，睡意登时全无——

婆婆不见了，儿子也不见了！

"赵顺，快起来，儿子没了！"孙艳玲赶忙叫醒赵顺。赵顺也慌了神，趿拉上鞋子奔出了门。可找遍整个小区，也没瞄到人影。抬腕看看表，刚凌晨3

点，婆婆抱着孙子能去哪儿？城市这么大，会不会走丢？孙艳玲愈发心急，惶惶地说：“要不，咱报警吧？”

不等赵顺拿定主意，一阵哼唱声从远处隐约传来：“小别扭，奶奶疼，正月十五咱看花灯；小别扭，奶奶爱，五月初五咱插香艾；小别扭，奶奶想，八月十五咱摘月亮……”

是婆婆。不用说，婆婆是怕影响他们睡觉，才抱着别扭在街上晃的。愣愣地站在街口，听着婆婆自编的童谣，艳玲忽觉心头一酸。但第二天一早，麻烦来了：居委会主任带着几个小脚老太太找上门，喋喋不休地给她上起了思想政治课：国有国法，区有区规，小区环境，人人有责。对待那些破坏分子，理应重拳出击，严惩不贷！

等等，谁是破坏分子？孙艳玲听得头大，忙拦住话茬。居委会主任将一摞小广告往桌上一拍，说：“你自己看，这就是证据！”

不是广告，是手写的传单：“天惶惶，地惶惶，我家有个夜哭郎，过往君子念三遍，一觉睡到大天亮。”孙艳玲明白了：这都是婆婆写的，贴的。居委会主任说，有几张竟贴到了街道派出所和居委会的门口！

下不为例，下不为例。赔着笑脸送走居委会主任，艳玲将赵顺拽进卧室，“砰”地摔上门，羞红着脸喊：“赵顺，告诉你妈，现在都什么年代了，还搞这些乌七八糟的东西。咱们结婚那晚，她就神神叨叨的，害得我下不来台。这是迷信，老封建！”

喊完，孙艳玲冲出门去上班。出门的那一刻，婆婆正抱着别扭皱眉出神，自言自语：“咋会是迷信？他刘奶奶说很灵的。顺子小时候也是个夜哭郎，过路君子念三遍，没多些日子就好了。不行，我得打个电话，问问他刘奶奶。”

刘奶奶是村里的街坊，谁家的孩子丢了魂，着了魇，大多请她帮忙。当天半夜，已经几晚没听到哭闹的孙艳玲突然被别扭的哇哇大哭声惊醒。推开婆婆的房门看去，只见小别扭趴在床上，手脚乱舞，而婆婆正戴着老花镜，捏着根棉签给他擦小屁股。每擦一下，小别扭都哭得人心尖直颤。

“妈，你在干吗？”孙艳玲再也听不得别扭哭，快步奔上前推开了婆婆。婆婆举着棉签，一脸的难为情：“他刘奶奶说，‘天惶惶，地惶惶’对城里的娃不好使，可能是屁股虫。我在给小别扭抓虫子——”

“左一个刘奶奶，右一个刘奶奶，难不成他刘奶奶是活神仙，啥都懂？”

孙艳玲抱起别扭扭头就走，赌气说："你别把农村的那些歪门邪道用在别扭身上，有病咱去医院看！"

"我，我——"

从镶在门板上的镜子里，艳玲看到婆婆扎撒着手，局促地嘎巴嘎巴嘴，却没说出话。出人意料的是，天色刚蒙蒙亮，婆婆走了。赵顺动了气，大声质问孙艳玲都对老妈说了些什么。孙艳玲也意识到情况不妙，忙去车站找，找到下午又给家里挂电话，依旧没看到人。好在第二天早晨，赵顺接到了父亲的电话，说街坊瞅到个人影，像你老妈。她没回家，一个人钻进了大山沟。你俩放心，在城里能丢，大山沟里丢不了。话虽这么说，可赵顺和孙艳玲哪能放得下心？山乡路滑，丛林茂密，万一有个好歹，这辈子过得都别扭！

转眼又过了一天。这天后半夜，好不容易哄睡别扭，孙艳玲冷不丁地听到了开锁的"咔吧"声。

"老公，有人。会不会是妈回来了？"孙艳玲推推赵顺，颤声说。

赵顺急忙跳起，开门一看，果真是老妈！老妈的衣裳刮破了，正一瘸一拐地往卧室走。

"妈，你去哪儿了？我爸说在山上看到一个人，像你，你怎么不回家？"赵顺急急地问。老妈探头瞅瞅别扭，又看看艳玲，举起手中的塑料袋呵呵地笑："我采它去了，你刘奶奶说，管用着呢。"

袋中装的，是治疗蛲虫病效果不错的使君子。去外皮，炒熟研碎，一日服用三次，三日保好。想到婆婆为了采使君子，竟连夜走连夜回，连家门都没进，还摔破了膝盖，孙艳玲止不住眼窝一热，张开双臂紧紧抱住了婆婆……

三日后，夜哭郎再也不哭不闹了，乖得叫人舍不得撒手。婆婆走进孙艳玲的卧室，乐滋滋地说："咋样？还是农村的老偏方好使吧？"

孙艳玲连连点头，回道："是好使，谢谢妈。妈，我想给别扭改个名，叫顺心。"

顺心，顺顺心心。说这话时，孙艳玲悄悄将床头柜的一只小药瓶塞到了枕头下。药瓶的标签上，分明写着"肠虫清"几个小字……

可爱的阴谋

明天，棋盘村小学要举行期末考试。在送4年级学生走出校门时，班主任张香芝无意中发现，班里最调皮的牛小军在搞小动作，握拳瞪眼吓唬他的同桌张阳！

这个牛小军，是村长牛大壮的儿子，鬼点子特多，总爱捉弄同学。今早一上课，张香芝就注意到他弓腰趴在课桌上，一个劲地龇牙咧嘴，不敢坐。上前询问，得知是让老爹揍的。牛村长当过泥瓦匠，那双大巴掌糙得跟铁锹似的，不用运气都能拍断板砖。张香芝又问为啥挨打，牛小军偷偷摸摸瞥了眼坐在前面的赵丫，没吱声。赵丫学习好，人也乖巧听话，不用说，一定是他欺负人家，人家告状告上了门，老爹才擂了他。都说“好了伤疤忘了疼”，你伤疤还没好呢，咋就忘了疼？张香芝又气又乐，快步追了上去：“牛小军，你想干啥？”

牛小军小眼睛骨碌碌一转，伸手搂住张阳笑嘻嘻地说：“我在请教怎么写作文呢，是吧张阳？”

张阳生性腼腆，支支吾吾红了脸。上个学期，牛小军考煳了，屁股差点被老爹打成八瓣；这次要再考不好，估计又得吃顿“巴掌炖肉”。他吓唬张阳和赵丫，不会是为了明天考试打小抄吧？心下正琢磨着，牛小军扮个鬼脸，拽着张阳一溜烟跑远。

送完学生，张香芝回了宿舍，准备晚饭。刚要烧水煮面，“咚咚”的敲门声响了。

一打开门，张香芝便怔住了——来的是牛小军的老爹牛村长和奶奶。牛村长的手里，还端着一大碗冒着热气的猪肉炖粉条。

愣怔间，奶奶颤巍巍地开了口："姑娘，没打扰你吧?""没，没，奶奶快请进。"张香芝禁不住心头一暖，忙扶老人进了屋："奶奶，十多里山路呢，你咋来了?"

藏在山坳里的棋盘村，山高难行，地广人稀，连条像样的公路都没有。山民出行，靠的是牛车。每天早晨，离学校最近的学生也要走上个把小时的山路。像住在村子最东面的张阳，天不亮就得起床，一路小跑翻过两道山冈才能到校。三年前，作为支教队伍中的一员，张香芝初到棋盘村小学时，正赶上吃午饭。几十个学生仨一伙俩一堆地聚在巴掌大的操场上，大口大口吞吃着馒头白饭。张香芝记得真真切切，身子瘦瘦的赵丫噎得咽不下，颠颠跑向校外，捧起泉水就喝。老校长叹口气，说学校早先备有锅炉，5 毛钱一暖壶开水，可没人喝，只好撤了。这怎么行? 再穷也不差 5 毛钱吧? 安顿妥当后，张香芝决定家访，劝说家长给孩子们多带点钱。她去的第一家，正是牛小军家。那天，刚爬上山岭，大雨便劈头盖脸地砸下。等满身是水地走进门时，牛村长先是一愣，接着从凳子上弹起来，赶忙用袖子使劲擦板凳：老师，快坐，坐。当晚，张香芝受到了山民待客的最高礼遇：猪肉、酸菜、粉条大锅炖，全家老少作陪。席间，牛小军 80 多岁的老奶奶倒上满满一杯烧刀子，说："姑娘，你能来家里，是我孙子几世修来的福，我敬你。"

也就是那回，张香芝才知道她是学校里第一个家访的老师，也明白了学生为什么要省那 5 毛钱。就说赵丫吧，每次爹娘给钱，她都偷偷放回去。她不怕喝生水，就怕父母不让她上学。

刚搀牛小军的奶奶进屋坐下，敲门声又响了。

是赵丫的娘。瞅瞅那碗猪肉炖粉条，赵丫娘一脸的难为情，从提篮里摸出七八个红皮鸡蛋："张老师，你去过俺家，俺家的日子过得紧巴，这点物什你可一定得收下。"

不等张香芝道谢，只听"砰"的一声响，老校长扛着一卷油布撞开了门。牛村长搭眼一扫，扯着高嗓门问："老刘，你弄这玩意儿干啥?"老校长擦擦满头的汗，连呼带喘："明后天有雨，张老师的屋子都露天了，我打算雇人修修。"

张香芝抬头瞅瞅裂缝的屋顶，接茬：“不用修了吧？我也住不了几天了——”

“不成，就算住一晚也得修，得让你睡个安稳觉。”牛小军的奶奶打断了张香芝：“我儿子大壮是瓦匠，这差事就交给他了。赵丫娘，大壮，咱走吧，别耽误了张老师吃饭。”

又寒暄几句，张香芝送大伙出了门。牛小军的奶奶拉着她的手，好半天不忍松开。张香芝心知肚明，他们舍不得她走。可是，3年支教期满，她也该回城了，男朋友还巴巴地盼着结婚呢。

第二天早晨，上课铃声响过，张香芝带着试卷走进了教室。出人意料的是，偌大的教室里只有一个学生：牛小军！

“牛小军，同学们呢？”醒过神，张香芝急问。牛小军吞吞吐吐，欲言又止：“我，我不知道。”

简直是胡闹，说好的考试，怎么还集体造反，罢课了？张香芝转身要去找，牛小军却抢先一步冲出了教室：“老师，还是我去吧。我爹是村长，他们不敢不听。”

别拿村长不当干部，大概就是从这儿来的。只见牛小军跑出操场，冲着不远处的灌木丛喊：“张阳，二蛋，要考试了，快出来。我爹说了，谁敢不听话他可抽你屁股——”

别说，这一嗓子还真好使，不一会儿，学生们都耷拉着脑袋拖拖拉拉走进了教室。张香芝强调了一下考场纪律，开始发试卷。孰料，卷子发下去不过三五分钟，牛小军行动了，用胳膊肘碰开张阳挡着的试卷，伸脖偷瞄。

真没猜错，这小子想打小抄。张香芝敲敲桌子，板脸警告：“牛小军同学，请不要东张西望。”牛小军狠狠剜了张阳一眼，可老实了没几秒钟，又冲坐在前位的赵丫求救：“丫丫，快点做——”

动静虽轻，可还是让张香芝听到了。张香芝索性坐到牛小军身边，来了个严加看管。见无机可乘，牛小军急得抓耳挠腮，冷不丁站起，呜呜大哭：“老师，你干吗不瞅他们，总瞅我？我在做题，你看，我真的在做！”

“坐下，别扰乱考场纪律。”张香芝扫了眼牛小军的试卷，说：“我说过，这次考试，我要给校长和你们的家长一个最真实也最满意的成绩。”

“老师，可，可他们都想考零蛋。”牛小军越哭声音越高：“前天，我也是想零蛋，就算被我爹打死，也要和他们一样考个大零蛋。可我爹说，城里比咱这儿好，吃得好住得好，反正什么都好，你们要留下张老师在这儿受苦，就是没长心的小混蛋。我不听，我爹就打我，打一下问一句：还考不考零蛋？我说：考，我爹又打，狠命地打——”

张香芝四下一望，不由呆住了。除了牛小军，张阳、赵丫等同学们的试卷上居然一个字都没写！想当初担任班主任时，张香芝曾跟校长打过包票：3年支教，定让学生们的成绩提高一大截，不然，绝不回城。所以，这次期末考试，考的不光是学生，还有她张香芝。听着牛小军的哭诉，张香芝顿时恍然。原来，牛小军、张阳等学生们早就合计好了，你不是说我们成绩不好就不回城吗，那我们就都考零蛋。牛村长听到了小家伙们的“密谋”，狠狠教训了一通牛小军。牛小军性子也倔强，屁股打肿了也没告饶。后来，是奶奶出面，才算让他的屁股逃过了一劫。奶奶说，张老师那么好的一个姑娘，不该留在山里受苦。你们要真心喜欢老师，就应该考出好成绩，送老师高高兴兴地走。劝了好半天，牛小军才哭着应了，先找赵丫，又找张阳，他说不出大道理，只能“儿假爹威”，吓唬他们放弃“阴谋”……

天色黑下来时，果如老校长所言，大雨“哗哗”浇下。几滴雨水渗过房顶，落在了正在批阅的试卷上。张香芝叫声糟糕，刚要挪开书桌，就听房顶上有人在瓮声瓮气地喊：“快上油布，麻利点。这儿用不着妇女，都回吧回吧，叽叽喳喳的别吵着张老师——”

是牛小军的老爹牛村长。张香芝拉开门一看，不知何时，宿舍外来了足足有三四十口子村民。男人们顶着雨修房，女人们就那么不声不响地站在雨地里，瞅着她笑……

一周后，期末考试的成绩出来了，结果非常理想。牛小军考得也不错，不仅没挨揍挨饿，还得到了老爹的奖赏。放假那天，全棋盘村的乡亲们不约而同地来到村口，送别张香芝。张香芝摸摸牛小军的头，小声说了句什么，然后坐上牛车，头也不回地走了。

目送牛车消失在山路尽头，赵丫哭了，张阳也哭了，几个大人也陪着

“吧嗒吧嗒”地掉眼泪。只有牛小军不但没哭，反而笑得更欢。原因很简单，因为她的张老师说：等山里的枫叶像火一样红时，她还会回来。而且，永远都不再走了……

老子姓啥

这天傍晚，生性老实巴交、平素见谁都呵呵直笑的李大壮一反常态，黑着一张锅底脸撞开了院门。不等踏进，便听儿子奶声奶气的动静传了来："爸，老子姓啥？"

儿子刚上小学，正趴在桌上做课外作业。听到询问，李大壮先是一怔，接着闷声回道："废话，老子不姓李，难不成姓三？我又没坑你蒙你，凭啥拿我当三孙子耍？"气鼓鼓扔下话，李大壮掉转头，跳上三轮港田冲出了窄巷。

李大壮没上过几年学，找不到好工作，就买了辆二手港田守在城郊拉客，风里来雨里去，赚点辛苦钱养家糊口。说来也真叫人郁闷，适才，有个肚大腿短、满脸肥肉，剔下来能熬一大锅汤的男子拦住他，说去东篱街。到了那儿，李大壮要价3块。谁想，肥肉男掏出张百元大钞，不耐烦地催促：快点找零。李大壮没接。明儿个是刮风还是下雨他不清楚，可兜里有几个子儿他一清二楚。

"老板，您再找找，瞧瞧有没有零钱。"李大壮挠挠头，一脸赔笑。肥肉男收回钱，皮球般滚进了楼道："没零钱你开啥老爷车？下回一起算。"

瞅您那肚子，一看就是财大气粗的有钱人，总不至于差我这仨瓜俩枣吧？李大壮赶忙追上，伸手扯住了肥肉男的衣服："老板，就3块钱，别下回了——"

"松开！拽坏了你赔得起吗？"肥肉男鼻孔蹿气，冷哼："你啥意思？怕我赖账？你也不到处打听打听老子姓啥，啥时在乎过钱？"

李大壮像触到烧红的烙铁般松了手。肥肉男又掏出那张整钞，肥厚的嘴巴里咕哝出句"穷鬼"：能找零，马上找；找不开，少磨叽！李大壮的脸

“腾”地红到了脖根，扎撒着手没了词。只是一愣神的工夫，肥肉男转身上了楼，不知钻进了哪间屋子。

十几分钟后，越想越窝火的李大壮又回到东篱街，将三轮港田往楼道前一横，耐着性子候肥肉男露面。3 块钱也是钱，是我出力流汗、光明正大赚的。我不管你姓啥名啥，是不是天王老子，车费必须给。要不，咱就找警察说道说道。心下正发狠，一声惊叫骤然撞入了耳鼓：“救命啊，杀人了——”

是个女人在呼救！李大壮禁不住一激灵，仓促跳起。恰恰此时，一个约摸有 30 岁上下、穿着睡衣的女子奔出楼道，跌跌撞撞扎进了他的怀里：“快，快救命啊，4 楼，402——”

李大壮来不及多想，甩开大步冲上了 4 楼。402 室的房门半开半闭，里面“丁丁咣咣”响个不停。抬脚踹开，仅看了一眼，李大壮便惊得凉气倒吸——室内，两个男子正撕撕扯扯扭打做一团，其中有个瘦男子骑在另一个家伙身上，边恨恨叫骂边握刀猛戳：“王八蛋，你胆儿也忒肥了吧？也不打听打听老子姓啥，就敢蹲在老子头上拉屎撒尿?!”

又是一个老子！眼见尖刀挂血，再次扎下，李大壮猛扑过去，用尽全力掀翻瘦男子，忙不迭地抓住满身是血的伤者就往门外拖。没拖出半米，瘦男子又凶神恶煞般持刀扑上。

“放下刀，别胡来!”李大壮生有一副好体格，块头大，顺手抄起只木凳护在身前。瘦男子倒也识时务，撒丫子蹿出门，逃之夭夭。危险解除，李大壮弯腰扶起了挨了几刀的伤者：“你挺住，我这就送你去医院，咦，怎么是你?”

受伤的家伙，居然是赖了他 3 块车费的肥肉男！

肥肉男死死抓着李大壮的手腕，连声哀求：“大哥，求你救救我，我快不行了——”

李大壮热心肠，不是见死不救的主儿。接下来，他背起死沉死沉的肥肉男下了楼，驾车疾速赶往医院。行到半路，一直嗷嗷叫唤“我要死了，我要死了”的肥肉男突然噤了声，没了音。

糟糕，他不会死了吧？要真在我这车上咽了气，今后谁还敢坐？老婆孩子不都得喝西北风去啊？李大壮愈发心慌，猛踩油门：“喂，你没事吧?”

“没事，我感觉没啥事。”肥肉男竟回光返照般欠起身，急急地嚷：“拐弯，快拐弯，前面有家便民诊所，我不去大医院。你听我的，死了不赖你。”

车到诊所，尚未停稳，肥肉男已撒开短腿，捂着肚子滚了进去。看得出，这小子皮糙肉厚，扎不透。李大壮拍拍“砰砰”狂跳的心口刚要长出口气，腰上，冷不丁地多了件硬物。

怔怔回头，李大壮看清了，是在东篱街行凶的瘦男子。此刻，那把刀就藏在他的袖子里，抵在他李大壮的腰眼上！

“兄弟，你——”

“闭嘴，我想和你商量件事，行吗？”瘦男子两眼血红，恶叨叨地问。

拿刀商量事，谁敢说不行？李大壮一个劲地点头。瘦男子掏出厚厚一沓钱，在李大壮眼前晃来晃去：“只要你答应不把今儿个这事说出去，这钱就归你。如果你嘴上没把门的，多说半个字，哼，你知道后果是啥。好好掂量掂量，别跟自个的脑袋过不去！”

恶声入耳，李大壮惊出了一身冷汗。不待表态，瘦男子狠狠瞪了他一眼，快步跑向附近的一条街巷。天色渐黑，瞅着钱正自发呆，一双白嫩嫩的手又拉住了车把。

“对不起，我要收工了，不拉活——”

话音未落，又一沓钱出现在眼前，足足有上千块！李大壮定睛一瞧，是那个喊救命的女子。女子四下望望，吞吞吐吐开了口：“大哥，谢谢你。妹子想求你件事，求你别把今天的事说出去，行吗？”

真是奇了怪了，凶手不让说情有可原，你怎么也不让说？纳闷间，女子的电话响了。刚一接通便将钱强塞进李大壮的手里，神色慌张地说了声“大哥，妹子求你了，跟谁都别说”后，也跑进了瘦男子消失的街巷。更让李大壮犯闷的是，肥肉男一走出诊所，便龇牙咧嘴地喊：“大哥，等等，我想和你商量件事，行吗？”

“是不是让我保密，别把今天的事说出去，没错吧？”李大壮问。

“没错没错，大哥，一听这话就知道你是明白人。”肥肉男凑到近前，非常麻利地从兜里掏出一沓钱，讪笑说：“一点小意思，你收着。对了，再给你3块车费，不，5块，不用找零。下回，我还坐你的车。”

下回？哪还有下回？当天半夜，这座不大的县城便四门落锁，警笛嘶鸣。很快，行凶瘦男子落入法网，肥肉男和那个女子也被“请”进了刑警队。第二天中午，当李大壮揉着脑门上的那颗大包准备出车时，儿子屁颠屁颠跑来，大呼小叫：“爸，你真棒，老师说，老子真姓李！”

“废话，老子站得直走得正，行不改名，坐不更姓，当然姓李！”李大壮挺直腰板，嗓门格外响亮。

“爸，你脑门怎么肿了？谁打的？”儿子惊讶地瞪大了眼睛。李大壮呵呵一笑，卖起了关子：“故事！”

那颗大包，的确有故事。昨晚，莫名其妙地收了三沓钱，李大壮乐得直蹦高。就在边点数边走的当儿，忽听“咚”的一声闷响，眼前登时金星乱溅。

没人下黑手，是他太过兴奋，一头撞上了电线杆。

奶奶的，你也不打听打听老子姓啥，别人都乖乖给我钱，你竟敢撞我！李大壮抬脚要踢，却又定住了。电线杆上，贴着一张印有照片的通缉令：犯罪嫌疑人刘二，原为某单位副手，后携款潜逃，数额巨大。这个刘二，恰是瘦男子。闷头琢磨半天，李大壮一咬牙，带着钱报了警。不义之财不可取，这钱不干净，绝不能要。当然，那3块应得的车费进了自己的兜，没上缴。据率先被抓的肥肉男供称：他和刘二同在一家单位，也是个小领导，两人的关系堪称铁杆哥们。刘二作案得手后给了他几十万赃款，并请他暂时帮忙，照顾好妻子。俗话说：朋友妻，不可欺，肥肉男却来了个“朋友妻，不客气”，勾勾搭搭上了床。说来也巧，刘二寻到一处安全地儿，打算将妻子也接走，孰料偷偷摸摸一回到东篱街，便撞上一出春宫大戏。恼怒之下，铁哥们反目成仇，拔刀相向……

唯一幸存者

一、矿难突发

凌晨两点，在狮子口煤矿做考勤员的周巧敏交接完班刚回到家，忽觉脚下猛地一颤，房子也跟着晃晃悠悠，似要塌架。凭经验判断，能闹出这般阵势，绝非地下巷道的掌子面放炮炸煤！周巧敏禁不住心头直哆嗦，转身又冲出了房门。

半小时前，有18名矿工在她那儿登完记，有说有笑地坐进了铁皮缆车。宋大江也在其中。平时，只要矿工伸手去按起车键，她都会快速扭转头。随着“嘎”的一声闷响，封闭的缆车一下子落进地下800米深处，别说看，想想都觉得心慌。

周巧敏的家距离矿井不远，中间只隔着座矸石山。跌跌撞撞跑到半路，周巧敏越发心焦，手忙脚乱地摸出手机拨出了宋大江的电话。

宋大江是周巧敏的老公，一个月前升任副矿长，同时得到突击提拔的还有5名工友。大伙心知肚明，近来矿难频发，上面要求领导必须带班下井。于是，一夜之间，遍地都是副矿长。

无人接听，无人接听……接连拨打了四五遍，终于打通了！周巧敏又惊又喜，急问：“大江，你在哪儿？你们没事吧？”

“我，我，啊——”

一句话没说完，只听一声痛叫冷不丁撞入了周巧敏的耳鼓。周巧敏顿觉心惊肉跳，手机也脱手落了地。

灾难突发，是瓦斯爆炸。天亮时分，第一批救援队升井，带回一个糟糕到令人绝望的消息：18名矿工所在的C区巷道整体坍塌，已被乱石堵塞掩埋，根本无法通行。由于瓦斯量严重超标，若强行清理，一旦碰撞出星点火花，必会引发二次爆炸。实在无计可施，只能撤出。

“还傻站着干吗？快启动所有的鼓风机，通风！都他奶奶的麻利点，务必要救回井下的兄弟！”主管行政的牛矿长挥舞着胳膊大喊大叫：“刘技术员呢？除了主井口，还有没有通往C区的巷道？”

“有，有。我想起来了，东侧有条废弃的巷道。救援二队，马上跟我走。”刘技术员带上救援队，飞奔而去。

废弃巷道，一时间成了救命稻草。抵达巷口，移开碎石，救援队员鱼贯而下。周巧敏也想钻进去，却被刘技术员硬生生拦住：“嫂子，里面太危险，你不能下——”

“可我老公在下面，我要救我老公！”周巧敏含泪嘶喊。

“嫂子，你放心，我一定会救宋矿长的。相信我，他福大命大，绝不会有事的。”说完，刘技术员也猫腰钻进了黑黢黢的狭窄巷道。心急如焚地捱到中午，当宋大江获救的好消息传回地面时，周巧敏竟如丢了魂，好半天没喊出声，也没动地儿……

二、高额补偿

狮子口矿难，下井的18名工友中只有宋大江侥幸生还。的确是侥幸，面对记者的采访，全身上下缠满绷带的宋大江满脸后怕，语无伦次地道出了惊魂一幕：带队抵达掌子面后，并未发觉异常。事实也是，瓦斯无色无臭，单凭眼鼻根本难以判断超不超标。为确保安全，他还是再三叮嘱瓦检员小王要认真检测，别拿工友的性命开玩笑。安排完毕，他又去了C区。

“这么说，应该是瓦检员不负责任，违规操作。”牛矿长眉头紧蹙，问：“C区已经废弃，你去哪儿干什么？”

“井下作业最忌通风出现问题，C区的巷道直通地面，我担心通风不畅，就去转转。谁知，离开作业面不到20分钟，就，就……都怨我，都怨我，我要不走，小王也不会偷懒，这场灾难也就躲过去了。”说到这儿，宋大江吃力地摇摇头，满脸的苦闷与无奈：“可是，作为带班矿长，当要查清井下的所有隐患，不能总在一个地方守着啊！”

听着宋大江的诉说，众人如身临其境，听得冷汗涔涔：就在震耳轰响响起的那一刻，他转身往回跑，但晚了。在冲击波的强力震荡下，废巷顶棚纷纷塌架，一根碗口粗的支柱砸中了他的后腰。他忍痛爬了几步，大块大块的煤石又劈头盖脸地砸落，直砸得他昏死过去。

“老婆，我还以为我死定了，再也见不到你了。”宋大江握着周巧敏的手，泪水汹涌而出。

九死一生，再次相逢，这是多么感人的场面。摄影记者不停地按动快门，“啪啪”拍照。周巧敏从宋大江的掌心抽出手，红肿着眼圈阻拦：“对不起，我老公他累了。求你们别采访了，请让他休息一会儿，行吗？”

从获救到现在，已过去了三天三夜。这段时间，记者来了一拨又一拨，事故调查组也刨根问底，一再核实情况，几乎没消停过。好不容易“送”走记者，周巧敏关严门板，说：“大江，我们回家吧。”

回家？医院条件优越，并且有两名护士专门护理我，不用你操心，动手，为啥要回家？宋大江一头雾水。周巧敏紧盯着他的眼睛，似在自言自语：“你觉得有意思吗？”

你啥意思？我脚踝扭伤，小腿骨折，脑门也蹭破了好大一块皮，必须得住院治疗。宋大江正要反驳，房门又被推开，牛矿长和刘技术员去而复返，将一只信封塞给了周巧敏。

不用说，里面装的是钱；看厚度，差不多有一万块。周巧敏问：“牛矿长，您这是？”

“这是我个人的一点心意。”牛矿长瞥了眼宋大江，接着说：“出了这么大的事，幸亏大江说明原因。不然，我这个矿长早被逮进去了，而不是免职写检查这么简单。”

周巧敏稍一迟疑，又问：“搜救工作结束了？”

截止到今天下午，17 具矿工遗体全部找到，救援行动宣告结束，善后工作即将铺开。牛矿长（此时的正确称呼应该是牛顺）透露，经过研究协商，相关部门已拟定了赔偿方案。除违规作业的小王外，其他人都将得到高额赔偿金。当然，宋大江也不例外。

“估计有多少？”躺在病床上的宋大江一听，脱口询问。

牛顺伸出一根手指，外带一巴掌：至少 15 万！

三、天不可欺

15 万，对周巧敏和宋大江来说，当算一笔大收入。余光里瞅到宋大江满脸喜气，乐不可支，周巧敏的心却在逐渐下沉，下沉，宛如坠入了彻寒的冰窟。

一夜无话。天色刚刚放亮，周巧敏便拆卸掉套在宋大江脖子上的颈托，硬拉他起了床。宋大江的腿上还打着厚厚的石膏，一动疼得直龇牙咧嘴：

“喂，喂，你轻点，你要干啥?”

“带你出去走走。”

“伤筋动骨一百天，我的腿断了，走不动——”

“走不动，我背你。”周巧敏往床前一蹲，摆出一幅不容推脱的架势。宋大江犹犹豫豫不肯动，周巧敏回手握住他的手腕往背上一拽，背起就走。宋大江大呼小叫，急歪歪呵斥周巧敏别胡闹，周巧敏也不答话，咬牙背着他走出医院，拐向狮子口煤矿。

医院距离狮子口足有五六里地，周巧敏愣是没歇气，满额头豆大的汗珠噼里啪啦地往下掉。情知周巧敏一向倔强，宋大江不再乱喊乱动，央求说：“老婆，你到底想干啥，能和我说说吗?”

踉踉跄跄爬上矸石山，寻了块光滑的石头放宋大江坐下，周巧敏终于开了口：“出事那晚，你没在井下。”

“纯粹扯淡，我怎么没在?登记考勤时我还亲了你一下，你忘了?”宋大江扯着脖子嚷。

不知不觉中，一丝苦笑浮上了周巧敏的嘴角：“你是下去了，可又坐缆车升了上来，对吧?瓦斯爆炸后我慌了神，给你打电话。我真傻，地下哪会有信号?谁知，电话竟然接通了。在东面废巷，技术员小刘一个劲地劝我，说你不会有事。到最后，你果真没事——”

“周巧敏，我可是你老公。难不成你巴望着我出事，被炸死?”宋大江不由蹿了火。

周巧敏发了阵子呆，缓缓抬手指向矸石山下的那一块空阔地：“我不想，不想。可天不可欺，我只是觉得你应该给小王，给他们一个公道。”

顺着周巧敏的手指看去，宋大江看到了一口口泛着冷光、静默得令人眼晕的棺材。那里面躺着的是遇难工友，包括瓦检员小王。几天前，一个个还说说笑笑，生龙活虎，如今却阴阳两隔，毫无声息。而周巧敏猜得没错。矿难发生那晚，他脱离岗位提前升井，去找刘技术员喝酒。地面剧烈颤动，他意识到出了大事，便从东侧的废弃巷道钻进去，想查看情况。还没走到事发地，废巷骤然坍塌……被救回地面后，牛矿长快步走到跟前。只一个眼神，他便明白了该怎么说。

定定地瞅着瞅着，宋大江突然“哇哇”大哭，拖着伤腿滚下了矸石山。老婆说的对，天不可欺，我要收回我胡诌的狗屁事实，让调查组去还原真相，还工友们、还小王一个公道……

铜墙铁壁歪脖树

一

在网络上，生性耿直、平素爱打抱不平的张顺号称“水军大统领”。这个绰号可不是白叫的，但凡遇到炫富卖弄装大爷、胡搞乱扯养小三的主儿，鼠标一点，数十万水军倾巢而出，用不着刀光剑影，只唾沫星子便能横流成河淹死人。这天半夜，张顺正在城市论坛上闲逛，一条短信息到了。

是个叫“头比瓢大”的陌生网友。“头比瓢大”好像没少灌猫尿，大骂张顺不务正业，所作所为纯粹是吃饱了撑的，是裤裆里拉胡琴，扯淡（蛋）……用词可谓难听至极，粗俗到家。张顺登时心头蹿火，要对方亮出名号，像个男人一样放马过来，比划比划。谁知，“头比瓢大”敲过个不屑一顾的表情，下线了：“有本事，孤松岭上走一遭。”

毫无来由挨了顿指责，张顺哪能咽下这口窝囊气？于是点开城市地图，瞪大眼睛找了好半天，才在犄角旮旯里找到了毫不起眼的孤松岭。第二天恰逢周末，张顺早早起床，背起行囊搭上了驶往郊县的客车。颠颠簸簸两个多小时后，一座光秃秃的荒山出现在面前。按地图上的标示，翻过这座山便是孤松岭。可气喘吁吁爬上山顶一打听，一个老乡抬手指向山下，说：“没多远，那儿就是。”

顺手指看去，张顺不由双腿一软，暗暗叫苦：映入眼底的，是个拇指盖般大的黑点！

中午时分，就在张顺累得大汗淋漓、腿肚子直转筋的时候，孤松岭总算到了。举目四望，远远近近的山坡上如同棋子般散落着几十户人家，房舍破败，冷冷清清，连个人影都瞅不到。

奶奶的，“头比瓢大”不会是拿我当二要吧？正自嘀咕，张顺禁不住打了个寒颤——百步外的一棵歪脖松树下，有个年轻男子正往树干上拴绳。系完死扣又踩着石头，两眼一闭将脖子伸进了绳套！

明摆着，这不是练功，是寻短。张顺一阵风似的奔到跟前，死死抱住男子的腰往上托：“喂，喂喂，好死不如赖活着，有啥想不开的跟哥说，哥帮你。”

男子瘫坐在地，连声叹气：“唉，愁死我了。我天天愁得头比瓢大，还不如死了好。”

头比瓢大？张顺一听，忙问：“你……上网吗？”

“哥们，我现在不想上网，只想上吊。”男子苦闷地道出了原委：他叫童立，上大学时认识了女友楚琳琳。楚琳琳的长相没得说，靓；学业也没得说，棒；有的说的是个性，犟，毕业后考上村官，一头扎进了这又穷又偏的孤松岭。童立再三劝她回城，凭本事，啥样的好工作找不到？可她执意不听，非要干出点名堂。实在没辙，童立就想以死相逼。

瞧瞧你这点出息，真给男人丢脸。张顺撇撇嘴，激将说：“对不起，都怪我多事，你继续——”

“我干吗继续？我只想吓唬吓唬她。”童立急歪歪打断了张顺：“可，可她压根没来救我。唉，在她心里，我的小命远没她的铜墙铁壁重要。”

铜墙铁壁？就这狼来了都掉泪的穷山窝，难不成还要搞封锁？张顺愈发纳闷。但接下来跟童立四处一转，张顺先是震惊，后是愤怒，恨不得召集百万水军来个水漫孤松岭，淹死面若桃花、心如铁石的楚琳琳！

二

与楚琳琳初次照面，是在一座四壁漏风、屋顶漏雨的民舍内。透过门板，张顺瞄见了一个身段高挑、捂着大口罩的女子。童立凑到耳边，悄声说她就是自己的女友楚琳琳，像不像模特？楚琳琳对面，蹲着个瘦得只剩下一把骨头的男人。男人像极了做错事的孩子，吞吞吐吐：“楚村长，俺想出去打工，行吗？”

“不行！”楚琳琳回答得嘎嘣溜脆。瘦男人满眼哀求，又问：“听说上面拨了款，啥时能发到俺手里？”楚琳琳递过一张纸，让瘦男人签字。瘦男人扫了一眼，连连摇头：“楚村长，俺没领钱，一分都没见着，这字不能签。”楚琳琳似乎冷哼了一声，硬邦邦回道：“牛二，你要不签，会有人去学校——”

话刚出口，瘦男人顿如触电般跳起，抓笔便写：“俺签俺签，俺这就签，求求你，千万别去祸害俺丫头啊。”

张顺瞅得一头雾水，伸手要推门进去问个究竟，童立却拽着他转身便跑，屁颠屁颠猫进了山路旁的一堆灌木丛。很快，两个男子一前一后走来。走在前面的背着手，圆滚滚的肚子腆得老高；跟在后面的精瘦如猴，一个劲地点头哈腰，询问农补啥时发。大肚男鼻孔蹿气，连损带骂：回家等着吧。再敢溜出孤松岭半步，一个钢镚也甭想得到！

等两人走远，张顺愣眉愣眼地追问童立在搞啥鬼名堂。童立冷不丁反问：“你是记者吧？你别不承认，瞧你这身行头我就知道你是用笔杆子捅咕人玩的记者。哥们，你若能把孤松岭搅和个鸡飞狗跳，我请你喝酒。”

我虽然不是记者，可振臂一呼，水军云集，只要孤松岭有见不得光的猫腻，这趟浑水我蹚定了。张顺尚未应声，忽见童立弹跳而起，撒丫子狂奔：“坏菜了，这回是真的，快去救人哇——”

童立奔去的地方，还是那棵歪脖树。歪脖树下，适才见过的那个瘦男人牛二已解下裤腰带，要寻短！童立说，孤松岭之所以叫孤松岭，就因为整个山村只有这一棵该死的百年老松树。最近四五年，少说也有十几个人挂在了它的歪脖上。七手八脚救下人，张顺终于听出了一点眉目：孤松岭四面环山，偏僻闭塞，许多年前，为了养家糊口，村民们盯上了一条生财道：当血奴。而谁也想不到，灾难突如其来——不少人染上了可怕的艾滋病！

“不可能，孤松岭要成了艾滋病村，外界怎么不知道？”张顺听得心惊肉跳，顿觉难以置信。

童立重重叹口气，又提到了铜墙铁壁。发现第一例患者后，镇里便要求孤松岭上下把紧口风，封锁消息。这不是啥光彩事，一旦传出，你让村长镇长，甚至县长的脸往哪儿放？更叫人大跌眼镜的是，做好保密工作竟成了村官升迁的重要考核标准！

听着听着，张顺忽地想起楚琳琳恐吓瘦男人的情景。瘦男人的女儿正上大学，你要不乖乖听话，我就去学校宣扬你女儿的老爹是艾滋病患者，后果啥样，你自己掂量去。这一招，真够阴狠！张顺越想越气愤，抬腿要去找楚琳琳，楚琳琳却冷冰着脸拦住了去路！

三

面对面站定，张顺觉得楚琳琳不再是模特，而是灭绝师太，就连说话的腔调也透着灭绝的杀气："你是谁？来孤松岭想干什么？童立，我奉劝你们别搞歪门邪道，马上带他走！"

我们搞歪门邪道？呸，这不猪八戒练把式，倒打一耙吗？再说，脚长在我腿上，走不走你管不着。张顺丝毫没惯着楚琳琳，说："我来是想摸摸这儿的情况，看看你们的铜墙铁壁有多坚固。"

"好啊，要不要我给你做向导？"楚琳琳不仅没服软，反而笑了，笑得张顺心头直发毛。不对劲，我是揭黑幕，正义之举，怎会心慌？不等寻思明白，瘦男人牛二"扑通"跪倒，一时间老泪纵横："兄弟，俺没啥情况，求你别摸了，俺们都和村里签过协议，打死也不能提这茬的。"

明摆着，孤松岭的村官找准了乡亲们的软肋，捏住了他们的"七寸"：家里有男娃的，将来要结婚；有女娃的，总归要出嫁，为人父母，又哪肯让孩子受半丝委屈？还有，上面拨下的各种补助都在村委会扣着呢，想拿到钱，行，给嘴巴加把锁。这些做法，显然得到了镇里县里的"肯定"。就算你张顺捅破天，我们还有补天石呢：不让牛二等患病者外出，是为了防止传染，维稳。而此刻，楚琳琳的眼神里也含满了嘲弄之色，分明在说：张顺，麻雀下鹅蛋，少跟我装大肚量。惹急了我，我领几个患者住你家去！

愣怔间，童立突然扯扯张顺的胳膊，神情慌张地喊："哥们，快尥吧，赵大肚子带人来了！楚琳琳，咱们完了，你就在这穷村病村当一辈子老姑娘吧！"

赵大肚子，便是孤松岭的村主任。搭眼一瞧，可不，大肚男正领着十几个乡亲"呼啦啦"冲来。山高皇帝远，村长的话就是圣旨，虽说没有重武器，可村民手中的铁锹木叉噼里啪啦一通砸，也够我喝一壶的。识时务者为俊杰，我溜！张顺暗叫不妙，拔腿逃之夭夭。

逃出孤松岭，在连夜回城的路上，张顺琢磨出了个大概：童立一定是

“头比瓢大”，他想利用我的水军将孤松岭闹个天翻地覆，逼女友楚琳琳离开穷乡僻壤。这个忙，该不该帮？要知道，耗子拖木锨，大头在后面，村、镇、县……万一碰上硬茬激怒了哪尊神哪位爷，定会吃不了兜着走！思来想去，张顺心一横，登录上网：奶奶的，豁出去了，即便铜墙铁壁，我也要用脑袋给你撞破。水军听令，速速给本大统领掀起一场讨伐风暴！恰恰此时，又一条短信息到了。点开一看，竟然是近百张令人触目惊心的图片：手臂上的斑斑针孔，绝望的眼神，招魂幡一样的歪脖树……

短短数日，名不见经传的孤松岭成了各大媒体高度关注的焦点，一批批医疗队、志愿者相继走进深山奉献爱心，宣传防艾知识。与此同时，好消息接踵而至：孤松岭的村委会被解散重组，赵主任和楚琳琳被撤职，不少上级领导也受到了严肃批评。转眼两个月过去，张顺又接到一个好消息：哥们，我是童立，我要结婚了，请你务必来捧场喝喜酒。

兴冲冲赶赴婚宴现场，一进门，张顺不觉愣了神：迎面走来的美貌新娘，居然是楚琳琳！

大统领，谢谢你的水军，谢谢你帮我解决了一个让我头比瓢大的难题。

头比瓢大？莫非，你才是和我叫阵、又发给我照片的正版“头比瓢大”？可你这么做，不等于砸自己的金饭碗吗？狐疑中，只听楚琳琳笑盈盈地说：“如果不丢官不受处分，我的铜墙铁壁又哪能落实？爱是铜墙，心是铁壁，让爱心围拢着他们，让社会接纳他们，他们才会生活得有尊严，不孤独……”

第四辑

EPISODE 4

请到天堂门口来接我

请到天堂门口来接我

一、男人

在冰城最大的服装商贸城，常年活跃着一群包客。用东北话说，就是“扛大个的”。每有商家进货，谈妥价钱，包客们憋口气，弓身哈腰扛起上百斤重的麻袋掉头就走，爬楼梯上台阶，不到地儿货不下肩。这是个不折不扣的苦力活，没有一副好身板决计干不了。三年前，自从建筑工地的黑心老板携款溜之大吉后，赵顺就带着几个乡下兄弟做起了出大力流大汗的包客，直磨得满肩满背都是针扎不透的老茧。

这天傍晚，赵顺又揽了一个活，扛包上3楼，每包20块，总计20件。兄弟二黑抬脚踹了下死沉死沉的麻袋，当即扯开了破锣嗓子：“老板，这包少说也有200斤，你就给那两个子儿也太黄世仁了吧？”

“嫌少是吧？那好，各位爷歇着，我找别人去。”老板撇撇嘴，张口要喊人。商贸城里，不只赵顺这一伙卖力气的包客。包客一多，老板自然将价码压到了贴地皮。赵顺赶忙拦住他，咬牙说：“20就20，我们接了！”

二黑还要争执，赵顺已弓下腰，吆喝兄弟六子搭把手。麻袋压上肩，大伙看得真真切切，赵顺虽憋足了劲，可脚下仍在不停地打晃，趔趔趄趄差点趴下。二黑急歪歪相劝：“赵哥，钱不是这么挣的，我们都知道你需要钱，可要累死了——”

“你闭嘴！”赵顺阴着脸打断二黑，说：“这车货，我自己扛，我就不信能累死！”

说这话时，赵顺的额头和脖子青筋暴突，豆大的汗珠子噼里啪啦地往下落。大伙再不吱声，纷纷哈腰。赵顺喊声“起”，扛着麻袋晃悠悠踏上了楼梯。当往返了四五个来回扛起最后一包时，不等迈步，赵顺突然腰身一塌，被麻袋砸倒在地。

“赵哥，你没事吧?”兄弟们七手八脚挪开麻袋，抱住了赵顺。恰恰这时，手机响了。显示屏上，一个女人的名字在不停地闪动：翠芬。

翠芬是赵顺的女友。两人早在6年前就已相识相爱，由于种种变故，一直拖了六七年，拖到了三十大几还没成婚。赵顺强撑着坐起，求救似的看向众兄弟。不用开口，大伙都明白他的意思：演戏。

这出戏，谁也记不清演了多少回。生得五大三粗的二黑一把扯过背包，“哗啦”倒出一堆水壶饭缸子，闷吼：“还愣着干吗？抄家伙!”

眨眼工夫，大伙人手一双筷子，一只缸子，齐刷刷围在了赵顺身边。赵顺满眼感激，道声“谢谢”按下了接听键：“翠芬，啥事？哦，你别担心，我们早收工了。今儿个没少挣，每人近二百大毛。二黑和六子吵吵着要下饭店，这不，六菜一汤，我们正喝着呢。”

“六子，干!”“赵哥，我敬你一杯!”“我最爱吃鱼头了，谁也别抢——”

一时间，大伙像模像样地闹成一片，你“丁丁咣咣”敲打饭缸子，我“滋溜”自带的白开水，还有的干咂吧嘴。见赵顺强忍着疼痛呵呵憨笑，二黑再也控制不住自己，拧身趴在麻袋上放声大哭……

二、女人

而此刻，赵顺怎么也想不到，翠芬正走向一座别墅，去谈一笔交易。走着走着，她似乎听出了不对劲：“大顺，我怎么听到有人哭？是谁啊?”

“还能有谁？二黑呗。他岁数小，想家，一喝酒就这熊样。”电话里，赵顺还笑着骂了声“没出息”。

翠芬稍一迟疑，低声问：“那你想不想……早点有个家?”

“啥？这面吵，听不清。翠芬，要没别的事，我先挂了?”赵顺大着嗓门喊完，挂了机。翠芬愣怔一会儿，摁响了别墅的门铃。很快，一个穿着打扮很是讲究、看上去约摸有40多岁的中年男子迎出来，带翠芬走进了客厅。

“宋先生，我来找你，是有事相求。”翠芬支支吾吾，脸不由地红了，“我家的情况，想必你也知道一点，我，我——”

眼前的这位宋先生是个商人，经营着一家婚介所，也确实了解过翠芬的情况。翠芬的父母去世早，自幼和弟弟陈翠林相依为命，日子过得虽不宽绰，倒也安稳。谁想，5 年前的一场大祸几乎摧毁了他们的小家——一天，非常喜欢车的陈翠林发现邻居家的轿车没有锁，便偷偷钻进，想兜兜风过过瘾。可踩下油门刚上路，就和一辆迎面开来的面包车撞到了一起。车祸直接造成对方两人重伤，两辆车也完全报废。案发后，陈翠林因涉嫌盗窃和交通肇事罪被判刑，至今还关押在监狱服刑改造。与此同时，伤者和轿车车主又提出索赔，金额高达 30 多万元。这笔如山般沉重的债务，硬生生压在了翠芬身上。

瞄到翠芬欲言又止，宋先生暗暗猜测，她来的目的很可能和钱有关，于是说道："陈女士，我能理解你的苦衷。说吧，只要不是太离谱，我们尽量满足。"

"宋先生，你误会了，咱说好是无偿捐献，不要钱。"不料，翠芬忙不迭地回道："我打听过，这事要收了你的钱就是违法，真的，我只是看着孩子可怜，想帮帮他。"

翠芬的这桩心事，一直瞒着赵顺。这几年，翠芬卖了房，又和赵顺没白没黑、拼死拼活地忙，挣来的血汗钱一分也舍不得花全还了债。直到上个月，总算还清了压得人喘不过气来的几十万债务。几天前，翠芬感觉胃疼难忍，第一次去医院做了检查。诊断到手的那一刻，翠芬顿觉脑海里一阵昏眩——胃癌晚期！也就是那天，她碰到了宋先生的儿子，一个和弟弟一样年轻、却因患什么白塞氏综合征导致双目失明的大学生。思来想去，她做出了死后无偿捐献眼角膜的决定。

"陈女士，谢谢你，请问，你到底想让我们帮什么忙？"见翠芬走了神，宋先生满心纳闷地问。

翠芬擦擦无声涌出的眼泪，递来一张照片："他是我男朋友，叫赵顺。这些年要不是他帮我，我早就垮了。你别怪我，我只是个普普通通的女人，和你签协议其实藏有私心。你不是开着家婚介所吗，等我走后，我想求你免费给他介绍个好对象，一定是那种知疼知热的好女人，行吗？"

"行，我保证。"宋先生只觉眼窝一热，连声答应……

三、夫妻

但令翠芬做梦都想不到，她跟深爱着的赵顺隐瞒了病情，赵顺也跟她隐瞒了身患不治之症的事实，并早一步走在了她的前头！

这天下午，翠芬正在租住的小房子里给赵顺浆洗满是汗渍的衣裳，忽听“砰”的一声大响，二黑跌跌撞撞冲进：“翠芬姐，赵哥昏倒了，你快去看看他！”

“啪啦”，翠芬一听，顿时惊得跳起来，忙乱中一脚踩翻了洗衣盆。等她哭喊着赵顺的名字奔进医院扑到病床前时，气息奄奄的赵顺居然笑了：“翠……翠芬，你怎么来了？我，我没事。”

“大顺，你有病怎么不早告诉我？你可不能撇下我啊。”翠芬抱住赵顺，哭成了泪人。她终于明白，那天去宋先生家，她在电话里问赵顺：你想不想早点有个家？赵顺为何会含糊其辞，遮遮掩掩：原来，他早知道自己得了绝症，再也不能和她组建一个新家。

“翠芬，别哭。咱的债还完了，我也心安了。你知道我最大……大的心愿是啥吗？”赵顺吃力地拍了拍翠芬的后背，说：“我……我要在天上看着你开开心心地嫁人，过好日子——”

蓦地，他的手臂僵住了，随后又从翠芬的背上滑落下来。翠芬不由心头一颤，嘶声大哭：“大顺，大顺，都怪我，是我对不起你。你听着，除了你我谁也不嫁，我陈翠芬就做你赵顺的新娘——”

当初，弟弟陈翠林出事后，赵顺说，翠芬，我们结婚吧，不管多难，我和你一起扛。翠芬摇头拒绝：欠着人家的债心里不踏实，在没还清前，她不会谈婚论嫁。赵顺再没多说，从那天起拼命赚钱，帮翠芬还债。孰料，眼瞅好日子来了，人却累倒了，走了！

一操持完赵顺的葬礼，翠芬便拖着疲惫的身子再次敲开了宋先生的家门：“宋先生，对不起，我要改协议。”

“行，怎么改都行。昨天我和妻子商量过了，不能让你白捐，20 万咋样？”宋先生也听说了赵顺的事，直截了当地报了价。

翠芬摇摇头，说：“我虽然是个女人，也没上过几年学，可懂得做人不能言而无信。如今，赵顺走了，不用劳烦您再给他介绍对象了。医生说，我的时间也不多了，可能等不到弟弟出狱。”

“你的意思想让我照顾你弟弟？好说，等他出来，我给他找工作，介绍对象。”宋先生打了保票。这个忙该帮，而且是必须帮。

“不，我弟弟长大了，能自己照顾自己。”翠芬恳求说：“等我走的那天，求你给赵顺写封信，快点烧给他，好吗？”

就这么简单？宋先生颇有些不相信自己的耳朵：“写什么？”

是的，就这么简单。翠芬因失血而苍白的嘴角很快浮出一丝幸福的笑意，眼睛里也满是美好的憧憬：“就写一句话，让赵顺到天堂门口等着接我。我捐了眼角膜，看不见路，担心找不到他，做不成他的新娘——”

父亲的康乃馨

母亲节那天，张顺起了个大早，匆匆赶往单位。就在出示完证件跨进大门的那一刻，有人从背后扯住了他。紧接着，含着一丝胆怯的沙哑声音传了来："同志，我想……想和你打听点事，行吗？"

转身看去，一个差不多有70多岁、身子佝偻得很厉害的老年人映入了眼底。这个老人，好像昨天下午就在这儿转悠。心下想着，张顺问："大爷，你昨天就来了吧？"

"是，是，我看到你了，见你那么忙，就没敢打扰你。"老人满脸赔笑，指向接见室门口："她们……真能和孩子见面？"

张顺明白，老人所说的她们，是指那100多名服刑人员的母亲。对了，张顺在重刑犯监狱工作，是教育改造科的一名民警。在母亲节来临之际，为了引导服刑人员认罪悔罪，安心改造，监狱准备举办一场"母子心连心"亲情帮教活动。张顺是这次活动的主要负责人。最近几天，他一直在忙，给服刑人员的母亲发邀请函、接待登记、安排食宿，直忙得焦头烂额。

"只要符合要求，应该都能见面。"张顺抬腕看看表，说："我还要布置会场，不能耽误，你还有事吗？"

老人挠挠头，吞吞吐吐："你说的条件是啥？"

"母亲节嘛，探视者的身份当然是母亲。此外，还要看儿子的服刑表现。"张顺确实着忙，说完就跨进了监狱大门。不一会儿，受邀前来的母亲们走进会场，满脸焦急地等待着与儿子会面。几分钟后，在民警的看护下，身穿囚服的服刑人员一出现，现场顿时有些混乱——母亲们扬着手臂，哭着喊着扑向自己的儿子。好在张顺已组织过多次这样的活动，经验丰富，当即让维持秩序的民警隔开双方，直接进入第一项内容：献上康乃馨，给母亲一个拥抱。

康乃馨是监狱提前为服刑人员购买的。当服刑人员手握鲜花走向自己的母亲时，张顺看到母亲们都有些手足无措。也难怪，这所监狱关押的差不多全是重刑犯，犯罪前能让家人少操点心，当母亲的就心满意足了，哪敢奢望儿子能送上一束康乃馨！

“妈，对不起，我让你失望了——”

“妈，都怪我不听您的话，才犯下了大错，你打我吧，妈——”

一时间，母子相拥，哽咽失声。张顺的眼里也热热的，正想背过身揉揉眼圈，突然发现有点不对劲：一个很年轻的服刑人员面对着白发母亲只是发呆，一声不吱。张顺赶忙走上前，拍拍服刑人员的肩，鼓励说：“今天是母亲节，给妈妈一个拥抱吧。”

“妈——”沉默半晌，年轻的服刑人员终于喊出声，张开双臂紧紧抱住了母亲。母亲稍一愣怔，眼泪扑簌簌而下：“哎，哎，好儿子，妈听到了——”

事后，张顺得知这个服刑人员是继子，判刑前没少和继母过不去，别说给母亲买花，拥抱母亲，就是说话不带火药味的时候都少得可怜。关押进监狱，继母每到探视日都来看望，也正是这份爱感动了继子。接下来，座谈，共进午餐，一切进行得都很顺利。下午1点，帮教活动圆满结束，刚送母亲们走出监狱大门，那个老人又犹犹豫豫凑来。

张顺颇感惊讶，主动搭茬：“大爷，你是来接见儿子的吧？是不是有麻烦？”老人先是点头，接着连连摇头：“没麻烦没麻烦。昨天我碰到个老太太，她说是接到邀请赶来的，同志，你们都搞的啥活动？”

“献花，拥抱，共餐。”张顺笑笑，说：“大爷，参加活动的都是母亲，没你的份。你要接见儿子，直接去接见室就行。”

抬腿要走，张顺又不由自主地收住了脚。因为他听得真真切切，老人边走边自言自语：“小凯出生没两天，他娘就没了，我既当娘又当爹，是我一手把他拉扯成人的，怎么就没我的份？”

“大爷，你等等。”张顺叫住老人，问起了他儿子的情况。老人姓赵，今年74岁，前天半夜在车站下的车。5年前，儿子赵凯因犯过失杀人罪被判处无期徒刑，投送到这所监狱服刑。昨天接见完，本想早点回去，可听说要举行啥活动，就没走。他试试探探地问过赵凯所在监区的民警，能不能也参加一回？得到的答复是，必须持有监狱发出的邀请函。交谈中，张顺还听到一个令人心痛的事实：当年，老人的妻子高龄怀孕，生产时遭遇难产，没能下来手术床。尚未安葬好妻子，老人就拿起了奶瓶。从小到大，老人没舍得骂儿子一句，戳儿子一指头，更没让他吃一点苦。甚至为了儿子，他都没再结婚。谁知，儿子竟是个不省心的主儿，好吃懒做，不务正业，整日和一帮地痞无赖厮混……

“同志，不怕你笑话，小凯会走路前，我天天把他抱在怀里。呵呵，眼瞅黄土都埋脖子了，他……他还从没抱过我呢。”说着说着，老人的眼底止不住地涌满了泪。

“大爷，你先别走，我很快就回来。”张顺不觉心头泛酸，快步跑向接见室。翻开登记簿，张顺犯了难：尽管老人的儿子赵凯表现积极，受过几次嘉奖，可监狱的会见制度在那儿摆着呢，在规定时限内不能重复接见。

这可怎么办？皱眉琢磨片刻，张顺又急急赶去了服刑人员赵凯所在的监区。大约半小时后，张顺握着一支康乃馨跑回老人跟前，气喘吁吁地说：“大爷，我看到你儿子了，一个很不错的小伙子。”

“是不错是不错。多亏了你们教育他，他才会学好。”老人乐得抬头纹都开了花：“他……说啥了？”

“他说他会好好改造，争取早日回到你身边，好好孝敬你。”张顺将花递给老人，说：“这是他让我送给你的。在他心里，你不仅是个好父亲，还是个了不起的母亲。祝你节日快乐。”

“真是小凯说的？呵呵，小凯终于长大了，懂事了。”老人颤抖着手接过康乃馨，喜悦的泪花一下子涌满了脸，无遮无拦哭得居然像个孩子，并一个劲地给张顺鞠躬：“谢谢，谢谢。我这就回家，我要告诉他婶，他叔，小凯给我送花了——”

“大爷，您别急。”不等老人转身，张顺张开了手臂：“你儿子还请我代替他，给你一个拥抱。祝你平安健康。”

看得出，老人受宠若惊，扎撒着手愣怔了好半天才努力站直腰身，慢慢抱住了张顺。张顺合拢手臂，也抱紧了老人……

这次拥抱，持续了足足有一分钟。而就是这一分钟，却让老人等了一辈子，让老人一辈子的付出都了无遗憾。望着他腰板挺直、脚步轻快地走远，张顺如释重负地笑了。

那支康乃馨，的确是老人的儿子赵凯送的；但那个温暖的拥抱，却是张顺送给老人的……

于无声处

天色傍黑，大雨又兜头浇下。当 9 岁的赵凯跑上乌龙岭时，父母正撕撕扯扯地扭成一团，吵得不可开交。赵凯看得一清二楚，喝得酩酊大醉的父亲赵大鹏摇摇晃晃，疯了般将母亲推倒在地，抬腿直奔岭下。母亲跌跌撞撞爬起，死死抱住父亲的后腰不停央求。父亲两眼血红，猛地一抖身子："滚，少管我——"

母亲被甩了个趔趄，一时站立不稳，骨碌碌滚下了山坡。赵凯哭喊着冲上去，想拉住母亲。可他的力气太小了，山路又格外湿滑，紧跟着母亲一同跌落……

"妈——"赵凯失声惊叫，弹跳而起。擦擦满头的冷汗，这才发觉是在做梦。

不，不是梦，这个时常吓醒他的可怕场景是真事：14 年前那个雨夜，赵凯没能拽住母亲，也失足摔了下去。慌乱中，母亲张开双臂紧紧地把他抱在怀里，失控的身体滚过荆棘，碎石，一头扎进乱糟糟的灌木丛昏死过去。等吓傻眼的父亲醒了酒，将满脸是血的母亲背到医院时，不幸已成事实——母亲眼角膜破裂，双目失明！

父亲生性暴躁，嗜酒如命，酒后又常拿母亲撒气。眼下出了大事，赵凯恨得要死，握着小拳头到处找父亲算账，可找了一夜也没找到。第二天早晨，警察找上门，说赵大鹏已主动投案。后来，赵大鹏因伤害罪和赌博罪被判处有期徒刑 4 年，投进了监狱。也就是在那天，赵凯才弄清父亲发狂的原因，住在乌龙岭西的赌友牛二使诈，出老千赢光了他所有的积蓄。他越想越气，就想去废了牛二。

赵大鹏，你是酒鬼，赌鬼，你不是个好父亲，我一辈子都不会原谅你！正闷闷地想着，手机突然“嗡嗡”地叫起来。

看一眼来电显示，是女友林晓丹。刚按下接听键，林晓丹就叽叽喳喳地催促：“凯子，赶紧来天伦之乐，大家都在等你呢。”

“好，我马上到。”挂断电话，赵凯忙不迭地套上衣服，冲出卧室拉起母亲就走：“妈，快点，我带你去看电影。”

十几分钟后，赵凯和母亲打车赶到了“天伦之乐”。“天伦之乐”是家老年公寓，入住的都是因病因伤失明的老年人。扶着母亲一走进宽敞的活动厅，林晓丹便迎了来，“凯子，今天咱们要说的电影是《千里走单骑》，没问题吧？”

《千里走单骑》？怎么是这个片子？赵凯不由一怔。林晓丹看破了赵凯的心思，赶忙解释：本来是想说别的电影的，可老人们都说这个片子不错，已经盼了有些日子了。说到这儿，林晓丹迟疑地问：“你……不会让老人失望吧？”

愣怔间，母亲推推赵凯，开了口：“小凯，说吧，妈也想看这个电影。”

那行，我说。安顿好母亲，赵凯稍作准备，握起了麦克风。母亲失明前最喜欢看电影，可出事后再没走进过电影院。去年，赵凯认识了心地善良的女友林晓丹。林晓丹热衷公益，和一帮志愿者组织了个“说电影”团队，一有空闲便为盲人说电影。赵凯天生一副好嗓音，也加入团队，很快成了主说人。每次赶场，都不忘带上母亲。这说电影可比看电影有难度，既要跟上节奏，还要让盲人听明白银幕中出现的人物、道具和场景。有一回说《阿凡达》，光介绍高科技飞行器就差点累掉赵凯的下巴。不过，《千里走单骑》没那么复杂。赵凯清清嗓子，配合画面开说：“高田是个日本老人，他和儿子健一的关系很僵，已经很久没见面了。一天，高田接到儿媳打来的电话，说健一患了癌症，想让他去看看儿子……”

说到剧情高潮，现场的盲人全被剧中的父子之情感动得眼窝含泪。赵凯也入了戏，哽咽得说不出话。直到电影结束，他才缓过神，擦擦眼泪连声道歉：“对不起，对不起，大家要没看懂，我再说一遍——”

话音未落，盲人们都一个劲地点头：“懂了懂了，谢谢你，谢谢。”

爱在无声处，谁都会懂。

电影散场，赵凯扶着母亲回家。走出老年公寓没多远，母亲冷不丁地站住了。赵凯左右瞅瞅，犯了闷，“妈，你怎么了？是不是不舒服？”

“没，没有。”母亲的神色看上去有些慌乱，欲言又止。谁知刚回到家，林晓丹的电话便追了来：“凯子，有件事我不知该说不该说。”

你是我未来的准老婆，有话直说。林晓丹吞吞吐吐：“我……我看到有个人在跟着你和阿姨，好像每次说电影，他都偷偷跟着。”

赵凯一听，禁不住心头一颤。这个人肯定是他——赌鬼、酒鬼父亲赵大鹏！适才，母亲举动反常，定是感觉到了他的存在。可是当年，他入狱没过半月就给母亲寄来了离婚协议书。刑满出狱，赵凯也只见过他一面。那天，听说他去了乌龙岭西，牛二当场吓得尿了裤子，连本带利退还了赌金。他握着厚厚的一沓钱来找赵凯。赵凯拦在门口，抢过钱狠狠地摔到了他的脸上：你走，我和妈妈不想看到你，不想！

从那以后，赵大鹏人间蒸发般消失了。一走多年，他又回来做什么？赵凯琢磨片刻，匆匆去找林晓丹。一碰面，赵凯就急切地问：“那个人呢？他去哪儿了？”

“你真想找他？”林晓丹问。赵凯使劲点点头，发狠：“对，我要告诉他，少来打扰我和妈妈的生活！”

“走吧，我带你去。”林晓丹犹豫了一会儿，应了。拐来拐去，接连走过两条街后，林晓丹敲开了一户紧闭的房门。门板打开，一个陌生男子探出了头。不等他询问，赵凯已用力拽开门闯了进去。可里外一通翻，却没瞄到赵大鹏的影儿。

“喂，喂，你是谁？擅闯民居，忒没礼貌了吧？”陌生男子气哼哼地拦下赵凯，又指向林晓丹：“还有你，三番两次来闹腾，还有完没完？”

赵凯打开陌生男子推他的手，一字一顿地问：“赵大鹏呢？”

“赵大鹏？你说的是那个疯子吧？他的腿又没长我身上，我哪儿知道？”陌生男子没好气地嚷。林晓丹瞪着陌生男子，说：“钱医生，你要敢胡来，我让警察逮了你！”

没找到赵大鹏，赵凯和林晓丹出了门。路上，赵凯不住声地追问，那个陌生男子是谁，他怎会那么怕你？林晓丹也不回答，拉着赵凯风风火火地奔向县医院。林晓丹的二叔是县医院的权威医师，做过不少台漂亮的大手术。可这和赵大鹏有什么干系？赵凯顿觉一头雾水。

有，而且关系重大！当林晓丹的二叔将一纸人体器官捐献书摆在面前时，赵凯登时目瞪口呆——捐献书上的名字，居然是赵大鹏！

“凯子，我不是有意隐瞒你。你加入‘说电影’不久，我就注意到了他，猜出他是你爸爸。我几次跟踪他，见他总去找钱医生。那个钱医生胆大，啥病都敢治。有一回，我偷听到他哀求钱医生，把他的眼角膜移植给你妈妈。我吓坏了，法律有规定，活人绝对不能买卖和捐献眼角膜。于是我就吓唬钱医生，让他别胡来。钱医生不敢给他做，我猜到他只能去正规医院。”林晓丹停顿了一下，接着说：“你说《千里走单骑》时，哭了。我知道，你嘴上说恨爸爸，可你心里还在想着他——”

“别说了，林大夫，他住哪儿？”赵凯打断了林晓丹。

林大夫摇摇头，说：“他患了胃癌，拒绝治疗。他签这份协议时再三跟我说，他做过不少错事，伤害过不少人，包括他的亲人。他想把能用的器官都捐出去，给自己一个赎罪的机会。哦，他还有个要求，就是他的眼角膜只捐给一个叫宋巧芬的女人。手术费用他也存在了我这儿，剩下的全转给他的儿子赵凯……”

宋巧芬，是赵凯的母亲。赵凯不觉恍然：父亲进了监狱成了囚犯，担心影响赵凯今后的生活，就提出了离婚。出狱后他到处打工，拼命赚钱，有病也不治疗，原是想补偿他和母亲。一想明白了这些，赵凯再也控制不住自己，泪流满面地冲出门。他要去找父亲，带他回家。就在他和林晓丹满城疯找的时候，手机响了。

是个陌生号码。一经接通，赵凯就听出是父亲的沙哑嗓音：“小凯，我是从你说电影的朋友那儿要来的号码，我怕打扰你，一直没敢打。”

赵凯想到父亲可能就在跟前，边四处张望边呜呜地哭：“爸，对不起，我错了。你在哪儿，我想见你。”

“等你妈妈的眼睛治好了，你会见到我的。”电话里，赵大鹏笑了，一定是含着泪笑的，“小凯，谢谢你能再叫我一声爸，爸爸想求你件事。”

父亲不露面，是不想让他和母亲劝他治病。可等到母亲接受角膜移植，父亲就，就……赵凯顿觉心痛如刀绞，大喊：“爸，我知道你就在附近，你出来啊，不管啥事我都答应你——”

“小凯，别哭。等见面时，爸求你也给我说一遍《千里走单骑》，好吗？”

“爸——”

悲喜万年历

一

中午12点，老宋匆匆回到家，一头扎进厨房开忙。12点15分，热乎乎的饭菜已摆上了桌。就着围裙擦擦手，老宋眯眼看向贴在客厅墙壁上的那张亲手绘制的万年历。说是万年历，其实只有4年。每天早晨，老宋起床做的第一件事就是画圈，然后往下数："1，2，3……前程，似锦，快起床，距离高考又近了一天！"

老宋有福气，生养了一对龙凤胎儿女，儿子叫宋前程，女儿叫宋似锦，眼下正读高二。一想起乖顺懂事的两个孩子，老宋便乐得合不拢嘴。但此刻，老宋不由犯了闷。以前这个时候，前程和似锦会准时冲进门，先赏他一个吻，接着边吃边拿老爸开涮。今天怎么晚了？老宋看看表，有些心慌。恰恰这时，手机"嗡嗡"地响了。

是前程。一经接通，儿子慌乱的喊叫声便撞入了耳鼓："爸，快来啊，东岗公园——"

老宋禁不住打了个激灵，刚要问发生了什么事，儿子已挂断了电话。顾不上多想，老宋拔腿冲出门，直奔东岗公园。跑到地儿，正心急火燎地四下寻找，似锦冷不丁跳出，笑嘻嘻搂住了他的胳膊："老爸，你这身打扮也太时尚了吧？"

"少贫嘴，你弟弟呢？"老宋气喘吁吁地问。前程也冒了出来，瞅着连围裙都没来得及摘的老宋笑弯了腰。

见一双儿女安然无恙，老宋这才长出口气，嗔怪地瞪了眼："你们两个唱的是哪一出？想吓死老爸啊？"

似锦神秘一笑，压低声音说："不是吓你，是帮你，你看——"

顺着女儿的手指看去，一个中年女人映入了眼底。老宋认识她，她叫赵芬，是个热心肠的老街坊。6 年前，他曾外出打过两年工，前程和似锦就寄养在她家。她对两个孩子非常好，跟亲生的差不多。

"老爸，别傻站着了。赵姨是我俩骗来的，说你找她有事要谈。谈什么不用我们教吧？"似锦催促。

敢情，这两个小家伙在撮合我相亲！老宋当即脸色一沉，左手前程右手似锦扯起就走："胡闹，我跟你们说过多少回了，少操心我的事！"

似锦执拗地嚷："爸，你太过分了，你不能把赵姨晒在那儿不管啊。"

老宋一听，收住了脚。可仅仅愣怔了三两秒钟，又拖着一双儿女头也不回地走远。回到家，大吵一架在所难免。似锦"呜呜"地哭，边哭边说赵姨单身、善良，将来一定是个好妈妈。你连声招呼都不打，太让人伤心了。我和前程已经 17 岁了，至今也没叫过一声"妈"！前程胆小，贴在似锦身后怯怯地帮腔："姐说的对，我也想有个妈——"

"都给我闭嘴！"老宋用力一拍饭桌："你们两个还没吃饭怎么就撑得直说胡话？到底吃不吃？"

"你不答应，我俩就不吃。"似锦也较起了劲，拉着前程跑进了卧室。

瞅到门板"砰"的一声撞上，老宋不由皱紧了眉头。似锦和前程出生那天，妻子不幸遭遇难产，没能下来手术台，老宋一个大老爷们，愣是拉扯大了两个孩子。好在前程和似锦从小就懂事，讨人欢心。谁想最近半年，这两个家伙一唱一和，天天劝他再找个伴。老宋心知肚明，似锦和前程长大了，是心疼他，想让他幸福。想到这儿，老宋重重叹口气，敲响了卧室的门："前程，似锦，这样吧，等你们考上大学，咱就说这事，行吗？"

二

时间过得真快，仿佛只是一眨眼，似锦和前程考上了同一所重点大学。接到通知书那天，老宋抱着一双儿女直笑得泪光闪闪。傍晚时分，本想好好庆祝一番，可一双儿女又不见了踪影。老宋忙给前程打电话，接连拨了几遍都被告知对方正忙，暂时无法接通。

忙，忙，有啥可忙的！老宋嘀嘀咕咕出了门。沿街找了半个多小时，总算在一家餐饮店前瞄到了前程的影儿。不等走近，就听前程说："谢谢你，哪我什么时候能来上班？"

和他说话的是个中年男子，应该是餐饮店的老板。听到儿子要打工赚学费，老宋快步奔去，气哼哼地轰走了中年男子，还威胁人家要敢使用童工，就到法院告他。

"爸，我已经年满 18 岁了。"前程急得不停跺脚，说："我和姐都考上了大学，那么多学费去哪儿弄？我想好了，我打工，让姐念书——"

"扯淡，你老爸还没穷到那地步。"老宋瞪着前程喊。嚷着嚷着又想起什么，拖起前程就跑，挨每家商店串。还别说，在街角的服装店里，老宋发现了似锦——长相、身材都不错的似锦正满身品牌，站在店门口做衣模呢。

似锦和前程是双胞胎，心有灵犀，自然想到了一块儿：我打工，供弟弟上学。老宋将姐弟两人拉回家，扯着嗓门一通训斥：你们想干吗？联合起来造老爸的反是吧？都给我听好，有老爸在，都给我好好上学，谁也别琢磨歪门邪道！

"咚咚咚"，正吵得热闹，敲门声响了。打开门一瞧，是赵姨。赵姨从包里取出一只信封递来。

不用说，里面装的是钱。出人意料的是，老宋没接，硬邦邦回道："不用，我供得起。"

热脸贴了个冷屁股，赵姨的脸"腾"地红了。似锦瞧不下眼，生气地喊："阿姨一片好意，人家又没得罪你，你就不能说句客气话?!"

老宋像极了煮熟的鸭子，依旧嘴硬："客气啥？你们的学费，我早准备好了！"说着，转身拉开桌抽屉，"哗哗啦啦"一通鼓捣，还真抓出厚厚一沓钱："看到没？爸不差钱。供你们两个上学，小菜一碟！"

话音未落，赵姨紧咬着嘴唇，转身跑走。似锦和前程要追，老宋却猛地关上门，黑着脸闷声呵斥："老实待着，哪儿都不准去！"

"爸，你冷血啊?!"似锦哽咽着说："几年前，你说等我们考上大学再说你的事。我和前程跟赵姨讲了，你知道人家吗？她说不急，一直在等你。你这样对她，太不近人情了！"

冷血？不近人情？老宋心头一痛，半天没言语。

三

转眼半月过去。这天早晨，老宋起床后又习惯性地站在那张万年历前，一个日子接一个日子地往下数。还有十几天，这张自制的万年历就将画到头。闷闷地寻思片刻，老宋终于下定决心，去找一个人。

这个人，便是赵姨。敲开房门，赵姨显然一愣，可还是让老宋进了屋。不等落座，老宋吞吞吐吐开了口："你还记得那年我外出打工的事吧？"

当然记得。赵姨一脸不解地看向老宋。那年，为了让两个孩子生活得好一点，老宋将似锦和前程托付给赵姨照看，只身去了外地的一家建筑工地打工。两年后回来，老宋瘦得皮包骨头，都没了人样。

"当时，我没跟你说实话。其实，我打工的地儿不是建筑工地，而是黑口。"老宋掏出一张泛黄的化验单，接着说："在黑口，我没少赚钱，省点花，足够孩子们上完四年大学。临回家时，我觉得胸闷，难受，就去看医生。医生说我得的是重度尘肺，已经癌变。如果不赶紧治，只有 4 年活头。他给我开了近万块钱的中药，我没要。我不能让孩子上不起学。于是，我就画了那张万年历，天天数日子。好在前程和似锦都考上了大学，我也没啥可牵挂的了。赵芬，你是个好女人，可我多次伤了你，请你多担待。哦，还有件事，求你一定要答应我。"

赵芬听得心头直哆嗦，问："什么事？"

"等我走了，求你帮着照看下似锦和前程——"

"我不管。他们是你的儿女，你自己照看！"赵芬突然跳起，拽着老宋就往门外跑。两个人均年近 50，可跑得比小伙子还快。冲进医院，挂号，检查，拍片……就在结果出来的那一刻，老宋顿觉双腿一软，差点跌坐在地！

不是吓的，而是乐的，绷了 4 年的弦一下子松弛下来，要不趴下才怪——老宋的五脏六腑非常健康，一点儿病都没有。前前后后一琢磨，老宋恍然大悟：敢情，黑口的那个医生比老板还黑，想打劫我的卖命钱！

无病一身轻，老宋忙不迭地拨通了似锦和前程的电话，欣喜地嚷："今儿个，老爸有件大事要告诉你们——”

话刚出口，就听一双儿女不约而同地回道：“除了赵姨要当我们的妈妈外，别的一概不听！”

机灵鬼，猜对了！老宋握着赵芬的手，一时间，幸福得满脸花儿开……

密林“猎”人

一、遭遇狼群

“砰，砰砰——”

天色蒙蒙亮，几声沉闷枪响骤然打破了地处横头山的额古尔大森林的宁静，也将睡梦中的刘根生夫妇惊醒。刘根生一跃而起，抓起双管猎枪大步奔向门外。

刘根生出生在大山深处，曾服过役，转业后便来到这儿，当起了山林看护员，协助林警专门打击那些神出鬼没的偷猎者。这时，妻子春花也起了床，抱着狍皮大衣追上来，帮他穿在身上，再三叮嘱说：“根生，小心点。那些人心肠狠毒，要惹不起你就赶紧回来，别和他们较真。”刘根生拍拍春花的肩，点点头：“你放心吧，我不会有事的。对了，看住山娃子，千万别让他乱跑！”

说完，刘根生拉开木屋的门板，纵身跳下楼梯。这是栋用厚重松木板搭建的二层木屋，刘根生一家三口住在上层，下层是厨房和堆放杂物的仓房。看着丈夫的身影飞快地消失在密密匝匝的树林中，一缕担忧倏地升上春花的心头。能不担心吗，敢到人迹罕至的额古尔大森林来猎狼猎熊的人，肯定比虎狼还要凶狠！这个时节，冰雪初融，大地回春，黑熊棕熊也从冬眠中苏醒，开始出来觅食。由于冬眠体力消耗过大，攻击力明显下降，一些不法猎人便抓住这一时机，偷偷潜入密林进行猎捕。就在去年这个时候，两个猎人袭击了一只刚钻出山洞的棕熊，密集的霰弹将棕熊打得满身都是血窟窿，闷哼栽倒。十几分钟后，猎人看到棕熊一动不动，以为已气绝身亡，就掏出尖刀慢慢上前，准备割下熊掌，剜出熊胆。事实就是这样，即便成功猎杀一只重达千斤的熊，猎手能取走的也仅有这两样东西。孰料，一个猎手刚刚靠近，棕熊突然嘶嚎着爬起，挥起熊掌重重拍向他的胸口。猎手大惊失色，来不及躲闪便如风筝般飞了出去！

棕熊的巴掌力道之大，能将凶猛的老虎抽得晕头转向，更何况是身单力薄的人？另一个猎手见势不妙，哆嗦着双腿转身要逃，可棕熊没给他机会，踉跄扑来。如果扑上，不用击打，单笨重的身体就能将猎手压死！眼看猎手就要命丧熊口，危急中，又一声枪响传来。

这一枪，是刘根生开的。在熊与人之间，他只能选择救人。子弹稳准地击中了棕熊的心口。棕熊轰然倒地，砸得山响。惊魂甫定，逃过一劫的猎手忙向刘根生道谢。刘根生瞪视着他，牙缝里挤出了一个冷冰冰的字眼："滚——"

然而，猎手并没有滚。当刘根生蹲下身查看棕熊时，猎手却猛地挥起枪托，狠狠地砸在他的头上！等悠悠醒转，猎手已经走了，同时带走了熊掌和熊胆。这样的事，刘根生没少经历。以致每次听到枪响，只要刘根生赶去阻止，春花的心都会悬到嗓子眼里。恶狼可怕，野猪可怕，狗熊可怕，而最可怕的却是——人！

站在木屋门口，春花正惴惴不安地想着，8岁的儿子山娃子走出房间，揉着睡眼问："娘，爹呢？刚才是不是枪响啊？""是枪响，你爹已经去看了。听娘的话，你就在屋里待着，哪儿也不准去！"春花边说边关紧房门。春花清楚，眼下，森林里是最危险的，受到枪击和惊吓的野兽会疯狂地攻击任何人。就像此刻，刘根生握着猎枪奔出不到三里，便听到了令人毛骨悚然的狼嗥声！

狼嗥声悠长低沉，那是在歌唱，在求偶；若叫声短促急切，那是已确定目标，行将发起攻击的预警信号。此时，狼的叫声短而急促，透着狂躁，肯定是在合围猎物。那猎物会是什么？刘根生停下脚步，循声辨别出狼群所在的方位后，正要奔去，却见一胖一瘦两个中年男子失魂落魄地跑来。

"站住，你们是干什么的？"刘根生端起猎枪，对准了来人。那两个男子一看，战战兢兢地大叫："别，别开枪。我们是科考队的，后面有……有狼！"

听对方这么一说，刘根生明白了，狼的猎物是人，恶狼在"猎"人！

一般情况下，狼是不会主动攻击人的，除非你侵犯了它们的领地，让它们感觉到了危险。刘根生冷哼一声，问："适才是你们开的枪吧？""是是是。"瘦子倒痛快，忙不迭地说："我们遇到了狼，怕它咬我们，我就……就开枪想吓跑它们。谁知它们不跑，倒追起我们来了。”“真是这样？”刘根生追问。两个男子一个劲地点头，“真的真的。求你快带我们躲躲，狼群就要追来了——”

晚了。话音未落，十几只狼已围上来。刘根生手臂一抬，枪口朝天，果断地扣动了扳机。枪声震耳欲聋，群狼登时原地站住，瞪着绿森森的眼睛紧盯着三人，却丝毫没有撤走的意思。对峙片刻，蓦地，随着一声短促嗥叫响起，只见群狼纷纷弓起腰身，露出利齿，争先恐后地腾跃扑来——

二、不速之客

林中木屋内，春花在忙着做早饭。破空传来的枪声，惊得她不由自主地打了个冷战。从丈夫刘根生走后，她的眼皮一直在怦怦地跳。难道……会有不测发生？不会的，整座横头山，整片额古尔大森林，哪儿安全，哪儿有狼窝熊洞，丈夫熟悉得不能再熟悉，他绝不会出事的！可就在春花神不守舍，焦急等待丈夫回来的当儿，仓房里猝然响起了儿子山娃子的惊叫：“娘——”

“山娃子——”春花心头一颤，扔了锅铲慌张地跑出厨房，“山娃子山娃子，怎么了?”“娘，这儿有个人!”山娃子倚在门口，指着堆放木柴的仓房一角说。

有个人？这栋木屋坐落在密林深处，每年能到木屋来的，也只有植物研究所和野生动物保护协会的那几个人。除了他们按季节一年来个三两次外，偶尔能碰到的，几乎全是鬼鬼祟祟的偷猎者。那这个人会不会是偷猎者？春花迟疑地靠近，先是看到了一条血迹斑斑的腿，接着看到了一张因受到惊吓而变得蜡白的脸孔。

是个看上去差不多有四十岁的男子。男子指指腿上的伤口，断断续续地说：“我是科考队的，遇到狼群攻击后和同伴走散了。”

春花心肠好，忙催促山娃子去取止血药和绷带。山娃子应着，颠颠地跑上木质楼梯。春花俯下身，看到男子的右腿上有一道弧形的伤口，鲜血还在不停地往外流。瞅了一会儿，春花纳闷地问：“可你这伤……不像是狼咬的——”男子苦笑着说：“是野猪。狼追我，我跳进了一个石坑里想躲起来。没料到里面还有一头野猪。野猪拱起嘴巴就啃我，啃完就跑了。”

“那肯定是个猪窝，野猪以为你和它争窝呢。”春花说。野猪遇到人，向来都是闪，只有处在发情期的野猪才会主动攻击人。说话的工夫，山娃子抱来一只木匣。春花接过打开，取出只玻璃瓶，倒出一把草末敷在男子受伤的腿上。男子当即疼的龇牙咧嘴。山娃子却乐了，“叔叔，你没我爹厉害，我爹从不喊疼。有一回，我爹踩上了给傻狍子下的铁夹，脚趾头都夹断了，他还笑呢。”

“去，回楼上待着，别到处乱跑。”春花撵开山娃子，给男子缠上绷带，说：“这是我男人自己做的止血药。不仅止血，还能防止伤口感染。你的伤不重，过一会儿就好了。对了，这才四月份，你们科考队到森林里来做什么？”

“我们是来寻找东北虎的。前些日子，有人说在横头山看到了东北虎，队里就让我带人来考察。我叫林大壮，还有两个队员，不知他们跑哪儿去了。”男子说完，强支着要站起，可脚下一软，又痛叫着跌坐下去。春花扶起他，上了二楼，并盛来满满一碗饭。显然，这个叫林大壮的男子饿坏了，端起碗就是一通狼吞虎咽。

“谢谢你，从昨天到今早，我一口东西都没吃过……啊——”林大壮刚撂下碗筷擦擦嘴角，无意中一回头，顿见一只张着血盆大口的老虎出现在面前，吓得他差点瘫到桌子底下去。

“叔叔，你的胆这么小，连假老虎都害怕，怎么去找真老虎啊？”原来是山娃子戴着个虎头面具，悄悄溜到了他的背后。林大壮抹抹额头上吓出的涔涔冷汗，大喘着气说：“我，我们只是看看有没有——”“当然有了，我爹就看到过。”山娃子胳膊一扬，认真地说：“我爹说，老虎可大了，就藏在大山里——”

山娃子没有说谎。东北虎主要分布在中国东北的小兴安岭和长白山区，而横头山恰在长白山腹地。东北虎号称“丛林之王”，体魄雄健，行动敏捷，除虎爪和犬齿利如钢刀外，它还有条钢管般的尾巴，威力无穷。可现实却是，东北虎再凶猛也不是猎枪和陷阱的对手。如今，的确已很难再见到东北虎的身影。

“你爹？你爹是干什么的？”林大壮皱着眉问。山娃子骄傲地说：“我爹是山林保护神。他长得高高的，胳膊跟松树一般粗。还有，我爹的枪法可准了，能给狍子换眼珠子！”

所谓换眼珠，是指子弹从狍子的一只眼睛里打进，从另一只眼睛里出来。听到此，林大壮又问：“那你爹去哪儿了？”“刚才有枪响，爹去看是不是坏蛋猎鬼来了，他现在在哪儿，我也不知道。”

山娃子一直管偷猎者叫“猎鬼”。说这话时，刘根生正陷身群狼的围攻之中。一头体形硕大、皮毛金黄的恶狼率先窜起，瘦子举枪就要射击，刘根生却迅速出手，一手架起瘦子的猎枪，一手挥起枪托砸向恶狼的脖颈！

瘦子的枪响了，恶狼一头跌下。不过不是被瘦子击中的，而是被刘根生砸落的。瘦子大叫：“干吗不让我打它？”刘根生没有回答，举枪对准几十米之外的一块岩石，扣动了扳机。

那儿站的是头狼，组织群狼进攻的头狼！子弹打得岩石火星四溅。只听头狼“嗷”的一声长啸，令人难以置信的一幕发生了——

转瞬之间，群狼放弃进攻，蜂拥掉头，四散而逃！

三、群狼猎人

刘根生从狼口中救下的瘦子叫张岭，胖子姓王，绰号叫王胖子。刘根生说，射人先射马，擒贼先擒王，对付狼群也一样，只要吓退头狼，狼群无主，自然会撤退。要是开枪射杀，浓烈的血腥味会刺激得群狼愈加狂躁……张岭和王胖子哪有心思听刘根生讲这些道理，一再央求他帮忙去找另一个伙伴。在山林里转到傍晚，直累得双腿如同灌了铅，依然连个人影都没看到。

“要不这样，你们先去我家，歇息一晚，明天再找？”刘根生说。两人听完，连连点头表示同意。眼下饿得肚子咕咕直叫，浑身一丝儿力气都没有，若再碰上狼群，后果只能是填狼的肚子。半个小时后，刘根生带着两人回到了木屋。山娃子乐滋滋地扑进刘根生的怀里，说早晨家里来过一个叔叔，被野猪撞伤了腿。娘给他上了点药，吃过饭就走了。

“他长什么样？”瘦子张岭急问。山娃子一通比划，王胖子脱口而出，“一定是大林——”“是啊。叔叔说他叫林大壮，是来看东北虎的。”山娃子接茬说。这时，春花端着饭走来，看到丈夫好好的，这才松口气，“怎么才回来？可让我担心死了。”刘根生呵呵一笑：“要不是找那个姓林的，我早就回来了。”春花看看张岭和王胖子，拉着刘根生走到一边，小声说：“我感觉他们不像好人，还有那个叫林大壮的。”“不会吧？他们说是科考队的——”“科考队的怎么都带枪，不带相机？”春花不无担心地说：“你多留点神，别人家说啥你都信。”

咂么咂么春花的话，是有点道理，刘根生不由多了几分警惕。本想吃过饭后再详细问问，不料还没等他开口，危险再度降临！

收拾完碗筷，春花准备送到一层的厨房去，可拉开门一瞅，顿时惊得目瞪口呆！深山老林里的夜晚来得快，天色黑得早，此时，黑黢黢的夜幕中突兀地多了一溜绿幽幽的小灯笼！

是狼！是白天遭遇的群狼卷土重来！听到春花的惊叫，刘根生抓起猎枪，冲到门前。天！足足有二十多只！“快，封好后窗和天窗！”刘根生大喊着抓来一条板凳顶住门板，接着看向张岭和王胖子，冷声问：“两位，请说句实话，你们开枪是不是打死了狼？”

王胖子身材矮胖，此刻一哆嗦，像极了皮球在跳。他心惊胆战地答道：“是，是。一只，就一只。”刘根生又问：“那只狼是不是体型较小？”

“没错，是只小狼——”“什么小狼，是只母狼！你们，真是该死！”刘根生打断王胖子，气愤地说：“你们了解狼吗？随便打母狼，你们知道是什么后果吗？”

猎杀母狼是什么后果，木屋外的阵势便是最好的说明！几近发疯的群狼要对人进行一场集体围猎！千百年来，人们对狼有着极深的误解，甚至是刻骨的仇恨。在民间传说与童话中，狼狡诈、贪婪、冷酷无情，俨然就是魔鬼的化身。但事实并非如此。狼极其聪明，有着超出寻常的耐心与坚韧。在捕猎时，它们总是耐心地蹲守，观察，等待，一旦锁定目标，绝不轻言放弃。而且，狼对爱情对伴侣忠贞不渝，堪称动物界中贯彻一夫一妻制的典范。特别是生活在中国东北部的狼，雌雄彼此忠贞。如果母狼被猎杀，公狼一定会为伴侣报仇。从眼前的情形看，张岭和王胖子他们射杀的不仅是一只母狼，还是头狼的妻子！

“那……该怎么办？”王胖子拖着哭腔问。刘根生阴着脸稍一思忖，沉声对山娃子说：“你回到自己屋去，关紧门窗，不管发生什么事都不准出来。听到没有？”“嗯，听到了。”山娃子从没见老爹如此严肃过，乖乖地回了房间。接着，刘根生把猎枪交给春花：“你守着门口，我去厨房取干辣椒。记住，最好不要打死它们。”

“不行，你一个人出去太危险——”春花死活不让。刘根生笑笑，说：“可我要不去，咱们会更危险。你盯紧点，不会有事的。”话一说完，刘根生便跳下楼梯。他一落地，便有几只狼霍地蹿上来。春花对准最前面的一只开了枪。子弹击中狼爪，恶狼嗷嗷叫着缩了回去。与此同时，刘根生一个箭步冲进了厨房。也就一眨眼的工夫，刘根生拎着一大包辣椒又跳上楼梯。但，聪明的头狼岂肯放过这个进攻的绝佳时机？只听“呜嗷”一声嘶叫，顿见群狼一拥而上，其中一只已身体腾空，张开长嘴，恶狠狠地咬向刘根生的大腿——

“根生——”春花惊声大叫。丈夫与狼群距离太近，绝不能开枪；可要不开枪，丈夫眼看就要落入狼口！我到底该怎么办?!

四、人心不古

万分危急之际，刘根生猛然回头，握起拳头径直迎向狼嘴！这一幕，看得张岭和王胖子都呆住了。刘根生要干什么？揪狼舌？用拳头支住狼嘴，这不是两败俱伤的险着吗？不等两人回过味，只见刘根生的手掌已然松开，一把红红的辣椒面一下子撒进了狼嘴里！

狼平生最怕刺激味浓烈的东西。诸如胡椒末，辣椒，氨水等，都会严重破坏它们的嗅觉。紧跟着，刘根生又扬出一把辣椒面，刺鼻的辛辣味瞬间弥散开来，狼群只能悻悻退去。上了二层，刘根生麻利地将干辣椒分成数堆，包裹成一个个“辣椒炸弹”。

“春花，把山娃子的弓箭拿来。”刘根生说。弓箭取来，刘根生又将“辣椒炸弹”绑在木箭上，浇些汽油，点燃后射向聚堆的狼群。这一招绝对算是“杀手锏”！辣子一烧，噼啪作响，呛人的辣味刚一散开，狼群便溃不成军，四散而逃，转眼消失得无踪无影。

“刘大哥，你真厉害！”危险解除，瘦子张岭讪笑着竖起拇指。刘根生紧绷着脸，硬邦邦地说：“你们根本不是科考队的。说实话吧，你们到额古尔来到底要干什么？”“我们，嘿嘿，我们——”张岭挠挠头，吞吞吐吐，还没说出个一二三来，就听王胖子指着门外惶惶大叫：“不好了，又来了——”

又来了？怎么会？刘根生提枪转身，迟疑地看向屋外。没有，屋外十几米的空地上，什么也没有啊。不好，王胖子使诈！刘根生刚想明白，顿觉脑海里一阵昏眩，身子一晃便趴在了地上。

是王胖子举起凳子，砸中了刘根生的头！一怔之后，春花破口大骂："浑蛋，你们干什么？"王胖子猎枪一抬抵上春花的胸口，大声说："退后！瘦子，快把这娘们绑起来！"

春花被绑了个结结实实。王胖子阴恻恻地一笑，得意地说："你老公不是想知道我们是干什么的吗？实话说吧，他猜得没错，我们不是什么科考队的，我们是来猎熊的。"

一只纯正的野生棕熊的熊掌，黑市价格每斤在4000元左右；胆汁丰富的野生熊胆，1克能卖到100元。成功猎杀一只棕熊，至少会有数万元的收入。正是如此高昂的利润，促使猎鬼们不计代价，疯狂猎捕。

"你们这帮狼心狗肺、恩将仇报的浑蛋，你们不怕死，就去猎啊。干吗打我老公？"春花气愤地质问。王胖子倒不急不恼，指着木板墙壁上的一个标记说："为啥？看到没，这是大林留下的，他说你们家有上好的皮货。"春花看向墙壁，果然看到了一个不起眼的对勾。一定是林大壮进过仓房，发现有不少狐狸、狼和狍子皮，还有几只风干的熊胆，于是留下了记号。那些东西，都是猎鬼们的"杰作"！他们开枪猎杀，没有一击毙命，狼熊等逃脱后死去，后被刘根生拖回，剥取。眼下，他们是想把皮货据为已有。想到这儿，春花让两人随便拿，只要放了他们一家就行。孰料，卑鄙的林大壮又突然出现在木屋内！

林大壮并没有走。他躲开春花的视线，偷偷在一层的杂货仓房内潜藏下来。狼群撤退后，他爬上山娃子房间的窗台，骗开窗子，并掐着山娃子的脖子走出来。春花一看，又惊又怒："你个浑蛋，放开我儿子——"

"放了他？行。不过你得答应我一件事。"林大壮奸笑着说："去年这个时候，我和大哥来猎熊，结果我大哥被熊打残废了，光医药费就花了五六万，害的我把割走的熊掌和熊胆全搭了进去。"春花冷哼插话："活该！""是活该，可你们今天遇到我们，也是活该！"林大壮鼻孔出气，说："去年那只熊为啥那么凶？我想明白了，洞里有熊崽！母熊只有在保护熊崽的时候才会拼命，才会发狂！我还清楚，熊跟人一样，恋窝。去年在哪儿冬眠今年还在哪儿，可我们哥几个去了，没找到。我想，你老公肯定知道，所以，我只能请他带路!"

春花恍然大悟。这个林大壮，就是去年打晕丈夫刘根生的畜生！哼，我绝不会放过你们！春花开口了："我知道熊洞在哪儿，我带你们去。"林大壮在春花的脸上摸了一把，歪笑："痛快！明天一早，我们就去。胖子，你把她老公也捆起来，捆紧点——""是。"王胖子应着取来绳索，刚把刘根生翻过来，便觉咽喉处一凉。是……是枪口！刘根生的猎枪顶在了他的下颌上！

原来，刘根生昏过去不一会儿就醒了。他趴着没动，一是想弄清这几个猎鬼的真实意图；二是想寻找有利时机，一举制服对方。情形突变，林大壮登时一愣。但他很快镇定下来，因为他的手里还攥着一张"王牌"——刘根生的儿子山娃子。

林大壮扼住山娃子的脖子，一步步向山娃子的房间退去，蛮横地说："想保住你儿子的命，就放下枪!"刘根生顶着王胖子，一步步逼上，"我们一换一，怎样?""行，行，大林，你快放了那孩子——"王胖子哆哆嗦嗦地嚷。不料，林大壮嘴角一撇："闭上你的狗嘴！刘根生你听着，仓房里的皮货我全要，熊也要打。这两样办不到，你儿子我是不会放的——"

"哎哟，你勒疼我了!"山娃子突然用力一扯林大壮的胳膊，手指往嘴里一塞，"呼"地打了个清亮亮的口哨。林大壮一惊，再次收拢胳膊，直勒得山娃子小脸通红，喘不过气来！说："小混蛋，你给我放老实点——"

话刚出口，便听到山娃子的房间里哗啦大响。林大壮愣眉愣眼地扭头一看，当即骇得嘴巴大张，瞳孔圆睁！

熊！一只半大的棕熊呼啦跳进窗口，突兀地出现在他的身后！喷吐着热气的嘴巴几乎贴上了他的脸！惊恐中对峙了几秒钟，不待林大壮举枪，棕熊已扬起大巴掌，煽向他的后背！

咕咚——只是一掌，林大壮的身子便飞起来，重重地砸落墙角。张岭和王胖子吓得魂飞魄散，抱头冲出木屋，屁滚尿流地滚下楼梯……

五、尾声

天亮了。

刘根生冲天空开了一枪。那是颗红色的信号弹，是发给额古尔森林派出所林警的。随后，刘根生和儿子山娃子押着垂头丧气的林大壮，向大森林外走去。身后，一摇一摆地跟着只棕熊。这只被山娃子叫做嘟嘟的棕熊是个孤儿。一年前，他的母亲被林大壮猎杀，是刘根生把它抱回了家。经过悉心喂养，嘟嘟和山娃子成了好朋友。事实证明，只要心怀善意，人和动物也是能够和谐相处的。

走着走着，突然，一声声凄惶的喊叫声从树林深处传来："救命啊，有狼——"

不用说，是瘦子张岭和王胖子。他们慌不择路，又陷入了群狼的包围之中。此时，是人猎狼还是狼猎人，答案已然揭晓……

情侣套票

一、我非“天下第一贱客”

树要没皮，必死无疑；人要没脸，天下无敌。童强不想做天下无敌的“第一贱客”，靠着女人吃软饭，于是，当林非兴奋地跑来时，他故作视而不见，转身大步走远。

“强子，你站住，站住啊！”见童强头也不回，林非急得直跺脚，拖着哭腔骂个不停：“童强，你浑蛋，你就是个十足的浑蛋。你说过的话，为啥不算数?”

骂声入耳，童强顿觉心痛。说实话，他非常爱林非。林非性格开朗，敢爱敢恨，最重要的是，别的女孩宁可坐在宝马车里哭，也不坐在自行车上笑，可她不一样，只要认准对方人好，再穷也要爱。自从进城打工认识她后，童强美得要死。掰着指头算算，两人相爱已有6年，但今天，童强下了狠心：分手！

原因很简单。童强记得很清楚，他曾跟林非许过三个承诺：第一个，买只像样的女包。省吃俭用攒了3个月钱，包是买了，名牌LV。工友搭眼一瞧，大呼小叫：你这LV，是驴皮做的吧？3千块要能买到真的，鬼才信。随后找行家一鉴定，结果不必多言。这只包，后来被他藏到床下装了破鞋烂袜子。第二个，6年内买房，娶林非做新娘。谁知，房价竟比驴打滚翻得还快，辛辛苦苦干一年，竟买不来一平方！第三个，是半年前许的——不论刮风下雨，每天都接送林非上下班。可正儿八经说出口的当天，工友打探到了拖欠工薪的老板的老窝。登门讨要，老板耍起了臭无赖。气愤之下，大伙一拥而上，揍了他个满脸桃花开。因涉嫌故意伤害，童强被刑拘，直到今天才放出来。

骂吧，只要解气，你可劲骂。如今，我不光是浑蛋，还是穷光蛋，啥都给不了你，要再像狗皮膏药一样黏糊你，那可真就没脸没皮了！撇下哭得梨花乱颤的林菲，童强加快脚步，转眼消失在人流中。

逮进去过一回，好工作难寻，可出大力的活儿还好找。第二天，童强做起了装卸工，还在城郊租下一间小到直腰磕脑门、蹲身碰屁股的小屋。这面刚安顿下来，敲门声响了。

拽开门板，抬眼看去，童强一下子怔住了——林菲还真是神通广大，居然又找上了门！

“童强，你还是不是个男人？”不等童强醒过神，林菲硬邦邦开了口。童强吞吞吐吐：“林菲，我，我对不起你，让你失望了——”

“少废话，对不起多少钱一斤？”林菲嘎嘣溜脆地打断了他，追问：“你回答我，是，还是不是？”

这个问题，眼下的确难以回答。说不是，又没练过《葵花宝典》；说是，可我的许诺像吹肥皂泡，瞅着好看，一碰就碎。闷头寻思半天，童强终于吐出了一个字：“是。”

“既然是，那就陪我去看这场演出。”林菲掏出张门票，咬牙发狠：“先甭管咱俩分不分手，我不想做冤大头，白白便宜了那两个家伙！”

二、谁拿爱情当盘菜

映入童强眼底的，是一张设计成心形、印制精美的情侣套票。这张套票是在4年半前买的，花了50块。那天，童强和林菲上街闲逛，遇上了一胖一瘦两个马路歌手。胖子的手指很粗实，长满了老茧，可他弹的吉他很动听。瘦子握着厚厚一沓门票，大声吆喝着兜售：50块，两张票，谁要拿着爱情当盘菜，赶紧过来瞧一瞧！

林菲凑上前看热闹，只见瘦子轻轻一拽，那颗心便破碎成两半，紧接着抛出了苛刻条件：这票只卖给热恋中的情侣，而且是在5年后才会为购票观众演出。童强觉得好笑，问：你们不红不紫没名气，要骗钱跑了咋办？歌手拍拍心口，回道：我们是凭它卖票。它，良心。关键问题不是我们骗不骗，而是你敢相信你们的爱情能维持5年吗？就算你们买了票，5年后分道扬镳，这票上的心合不到一块儿，很抱歉，我们也会拒绝你到场。

这种预售方式，够浪漫。出人意料的是，许多年轻情侣纷纷掏钱购买。明摆着，没人在意这两个无名歌手的演出，他们在意的是对方有没有把爱情当盘菜，用心品尝。林菲也买了一张，要分开保管，童强说，别分了，请相信我，我会和你一生一世在一起。

一生一世在一起，又是个变成空气的承诺。唉，谁叫自己混得如此窘困，狼狈呢！

按套票上的约定，距离演出还有5个月，地点定在这座城市的荷花公园。犹豫片刻，童强问："你……认为他们会来吗？"

"你觉得呢？"林菲反问。

"我觉得，这是个骗局，没必要当真。"说着，童强接过了林菲撕开的一半情侣套票。林菲没接茬，收起自己的那一半掉头走了，直到演出日期临近，再没来打扰童强。

这场演出，的确是个不得已而为之的骗局，童强也在其中扮演了个小角色：托儿。那年，同在建筑工地出力流汗的工友狗子摔下脚手架，急需手术。去找老板要钱，老板称是违章操作，一分钱不拿。大伙掏光口袋，也难以凑齐费用。总不能眼睁睁地看着工友瘫痪吧？于是，平素喜欢音乐的胖子和瘦子灵光一现：以爱情的名义预售门票。童强也领到了任务：带林菲故意从那儿经过，起哄买票。没想到，这个歪招还真奏效，轻轻松松筹齐了手术费。事后，大伙七嘴八舌，说5年后人家要来看演出，咋办？瘦子嘴角一撇，大包大揽：你们就一百个放心吧。我们没打算骗谁，只是这城市里的爱情不靠谱，新鲜劲儿一过，彼此便是路人甲，没谁能维系5年。事实也是，卖完票没过一周，他们就在附近的垃圾箱里瞅到了三两张被丢弃的情侣套票。再后来，狗子做完手术回了乡，大伙也各奔东西，渐渐把这件事忘到了九霄云外。前天，童强刑拘期满，前去找工友，接连转了几个工地，却连半个熟人都没寻到。

铁打的城市流水的打工仔，哪儿挣钱去哪儿。这也是童强最想要的结果，他和林菲的感情，恰如手中的情侣套票，再难合拢到一起。

三、打工仔也有爱情

这天傍晚，累得腰酸背痛的童强正想躺一会儿，林菲兴冲冲跑进了出租屋：“喂，演出马上开始了，你没把票弄丢吧？”

看得出，这段日子林菲过得也不咋样，人明显消瘦了一圈。不过，她刻意化了妆，打扮得非常漂亮。童强苦笑了一下，从枕头下取出了半张套票。林菲两下一对，合二为一：“童强，你看，多完整的一张票。走，咱们去荷花公园。”

去也是白去。最近几年，歌坛上的组合火了一个又一个，听说过凤凰传奇、旭日阳刚，可没听说过有胖猪瘦猴组合！

10分钟后，童强和林菲赶到了公园。四下一望，童强顿时呆住了。不远处，一座刚刚搭建的舞台吸引了好多人的眼球。之所以吸引人，并非舞台布置得有多华丽，而是简陋到了家——五六张木桌往场地中间一拼，连台布都没铺，更别提音响和灯光了！

惊讶间，一个头戴鸭舌帽的男子走来：“两位好，请问你们是来看演出的吗？”

“没错。”林菲亮出情侣套票，问：“你们没推迟时间吧？怎么没观众？”

鸭舌帽验过票，调侃说：“当初，我们卖出了80张情侣套票，也就是说，那时有80对年轻人正在享受美好的爱情。可今晚来的只有你们两个。唉，世事难料，79份轰轰烈烈的爱情已在短短5年内灰飞烟灭——”

这动静，怎么听着耳熟？稍一愣怔，童强摘掉了鸭舌帽压得低低的帽子，当场叫出了声：“狗子！狗子，你怎么来了？”

“当时是给我筹钱，我哪能不来？你看，那是谁？”狗子回手指向舞台，大声招呼：“胖子，瘦子，抄家伙！”

童强看到了胖子，瘦子，还有好多好多当年的工友。很快，胖子抱起吉他，瘦子握起高音喇叭，恭恭敬敬地冲林菲深深鞠了一躬：“各位观众，不，应该是童先生和林小姐，首先，请接受我们最真诚的道歉和感谢。说道歉，是因为我们不相信爱情，差点忘记了这码事；说感谢，是因为林小姐让我们这群不相信爱情的打工仔，懂得了啥是爱！”

至此，童强终于明白，兜售门票时，林菲就瞧出了个中猫腻，只是没道破。5个月前，他不想拖累她，执意要分手，林菲突然想到了那张情侣门票。接下来，她几乎找遍了整座城市，跑遍了所有工地才找到瘦子。瘦子大为感动，马上联系当年的工友在荷花公园集合。

胖子拨拉了几下琴弦，开唱："亲爱的，我忘不了那个冰冷的雨夜，你脱下衣裳披上我的肩；忘不了那回我扭了脚，趴在你背上感觉到的温暖；忘不了你为了我学做饭，手指被切得伤痕斑斑……"

舞台上，胖子倾情演唱的这首没有名字的歌，是林菲写的。每一件每一桩，都曾在他们两人身上发生过。童强听得走了神，眼圈不知不觉间红了。

"我不要你给我买包包，也不要金戒指和项链；我只想和你在一起，好好爱你，不管未来有多难。"胖子的嗓音很低沉，动听，唱到此，瘦子按捺不住激动地大喊："灯光！让我们看看他们有没有在一起?"

刷，灯光登时大亮，齐刷刷集中在了童强和林菲身上。谁能相信，所谓的灯光，不过是一只只手电筒！

炫目的光影里，林菲正笑盈盈地看着童强，笑里含着泪。童强只觉眼窝一热，伸开双臂紧紧拥住了林菲。此刻，不必再承诺什么，有爱，已足够……

让你左耳听见爱

一、进门来个下马威

青川县东郊有条胡同，名叫秀水巷。名字虽起的好听，可实际上污水遍地，脏得都难以下脚，苗秀秀就住在这条巷子里。

秀秀9岁那年的一天傍晚，爸爸带着她走进了秀水巷27号。一推开破败不堪的门板，一个大脸盘、粗腰身的中年女人便立在了面前。爸爸想进屋说话，却被女人拦下了。“你都跟她说清楚了？”爸爸赔着笑，连声回答：“说清了，说清了。秀秀还小，不懂事，桂花你多多担待。”

女人没好气地一摆手下了逐客令：“你还有没有事？没事赶紧走，我可没工夫跟你闲磨牙！”

爸爸造了个灰头土脸，扔下秀秀头也不回地走了。秀秀转身要追，就听女人硬邦邦地说：“你敢跨出门槛半步，信不信我打断你的腿！”

秀秀登时定住了。在来这儿之前，爸爸一再嘱咐她，这个女人是他家的一个远房亲戚，要管她叫婶子，要好好听话，过些日子便来接她。可只一个照面，秀秀就恨死了这个桂花婶子。你凭啥骂我爸爸？正噘嘴赌气的当儿，一个小男孩突然风风火火地闯进门，差点撞倒了她。

“你是谁？站我家干吗？”小男孩歪着头打量秀秀。

跟小鬼似的，真脏！秀秀撇撇嘴，退后半步。桂花婶子瞅见了，阴阳怪气地说：“柱子，人家是小公主，不愿搭理你，搬凳子去，咱们吃饭。”

秀秀站着没动。桂花婶子也没再喊，和叫柱子的小男孩当院摆下桌凳，开吃。秀秀气鼓鼓地想，我就是小公主，我就是看不起你们！我们家原先住的是大城市里的高楼，有餐厅，保姆给做饭，花样多着呢。哪像你们，破院子里架口破灶，黑锅底，大海碗，豆面饼，能好吃吗？可说来也怪，瞅着柱子狼吞虎咽，秀秀的肚子竟然也“咕咕”地叫起来。哼，饿死也不吃！秀秀倔强地扭转脸。

吃过饭，桂花婶子拍拍屁股出了门。出门前，还不怀好意地瞪了一眼秀秀：“有本事，你永远都别吃，我家还省粮了呢！”谁知她一走远，柱子就插了院门，强拉秀秀坐到桌前，神秘兮兮地说：“我妈走了，一时半晌回不来，你等着，我会做饭，我给你卧荷包蛋吃。”

“我不吃。”秀秀说。柱子咧嘴笑：“你真傻！干吗不吃？不吃饱哪有力气和我妈较劲？”

秀秀用力推开柱子，大声说：“我不傻，我知道你妈妈恨我爸爸才这么对我的。你做了我也不吃！”

二、泼妇撒泼真吓人

秀秀虽然年纪小，可也多少知道一些关于爸爸和桂花婶子的事。听妈妈说，爸爸和桂花婶子结过婚。婚后，桂花婶子原形毕露，刁蛮任性，恨不得把爸爸赚的钱全攥在手心里。稍有不顺心，就跟泼妇骂街似的大吵大闹。这样的女人太可怕，难怪爸爸不和她过了。秀秀常这样想。后来，爸爸的公司垮了，房子车子都抵出去还欠下了一屁股债。更让秀秀没想到的是，妈妈居然狠心地走了。爸爸在城里没了落脚地，只好把她寄养在桂花家，独自去了外地赚钱还债。

桂花恨爸爸，当然不会给我好脸色。哼，妈妈说过，爸爸以前挣的钱，没少让她私吞。我干吗不吃饭，我要帮爸爸统统吃回来！想着，抬头看见柱子只拿了两个鸡蛋，秀秀快步冲过去又抓起两个，“啪啦”打进了滚水翻花的锅里。

柱子愣了，“秀秀姐，你能吃得了吗？”“能，我使劲吃！”秀秀执拗地说着，又抓来一只打进去。五个鸡蛋，直吃得秀秀连连打嗝。柱子吐吐舌头，忙将鸡蛋皮扔出院外，消灭“罪证”。不料歪打正着，桂花婶子回来了，蛋皮全砸在了她的头上！

“该天杀的，是谁偷吃的鸡蛋？”桂花婶子大步蹬蹬地奔进门，叉腰质问。

柱子瞅瞅秀秀，脖子一梗顶了缸：“我。”“好你个小王八羔子，我让你偷吃！”桂花婶子气急败坏地扬起了巴掌。见势不妙，柱子抱头就跑，“秀秀姐，快跑！”

跑？跑得了和尚跑不了庙。天色傍黑，柱子拉着秀秀悄悄溜进了家门。可刚进屋，灯亮了，桂花婶子正黑着脸等他俩呢。秀秀一言不发，紧盯着她。桂花婶子斜眼瞅到柱子弄得满身脏泥，膝盖也磕破了，当即火冒三丈，顺手抓起笤帚狠狠打去。

看她那幅凶状，妈妈说的没错，她就是个泼妇！可是，眼瞅笤帚要落在柱子身上，桂花婶子却收住手转向秀秀，“苗秀秀，你比柱子大，你是他姐。当姐的不照顾弟弟，该打的是你！”

“你凭什么打我？你是坏女人！”秀秀气得要哭，却强忍着没让泪珠儿掉下来。

“你进我家门，吃我家饭，你说我打得打不得？”桂花婶子气哼哼地喊着，照秀秀的屁股便是两下，“说，你错没错？”秀秀既不躲也不闪，亮着嗓门喊：“我恨你！你打吧，打死我也不认错！”

“我让你犟嘴！”桂花婶子又扬起了笤帚。还是柱子机灵，一把拖起秀秀，跑进里间闩上了门。秀秀气不过，对着门缝继续嚷：“你就是个坏女人！我爸爸能挣大钱，等他回来我让他加倍还你，我不会欠你这个坏女人的……”

三、婶子跳河为救狗

这个桂花婶子也真够绝的。第二天一早，她便把一只肚大口小的瓦罐摆到了窗台上。苗秀秀，你不是说将来加倍还我吗？我不会记账，可我会数黄豆。从今天起，你吃我一顿饭，我就往瓦罐里放一粒黄豆。等你那死爸赚了大钱，如数还我。咱们互不相欠！

你放，我也要放！秀秀嘴巴上没说什么，当晚就寻了只破坛子塞到床下。你骂我一回，我就放一粒；打我一顿，我就放两粒。到时候，你也得还我！可藏起坛子没过一周，秀秀又挨打了。那天傍黑，惹祸的是桂花婶子从垃圾堆里捡来的那只哈巴狗。到了吃饭时，柱子还在外面疯玩，桂花婶子嘱咐秀秀盛饭，她去找柱子回家。可前脚刚出门，就听秀秀“啊”的一声大叫。

“怎么了秀秀?”桂花婶子赶忙折回。一看之下，葵花大脸当即拉下来。敢情，这饭白做了，全喂狗了！秀秀一不留神，脏兮兮的哈巴狗跳进了锅里！

“苗秀秀，笨手笨脚的你能干啥？我告诉你，这顿饭算你吃两顿!”桂花婶子一通叫嚷，又奔回来重新做。这个女人真刁蛮真抠，一锅黄豆苞米两掺饭，竟也心疼得喋喋不休，说个没完没了：“你以为我挣点钱买点粮那么容易吗？糟践粮食，是要遭天谴的。死丫头，你听到没有？你哑巴啊，怎么不吱声?”

秀秀不是哑巴，她也没听到。哈巴狗闯祸，婶子怪罪我；柱子贪玩，弄脏衣服你骂我。我不在你家住总行吧？桂花婶子一眼没瞅到，秀秀抱起哈巴狗跑出院门，眼圈里含着泪直奔郊外的小青山。

小青山下有一条河，被采砂船挖得满河床是深深浅浅的大坑，平素连大人也不敢来这儿游泳。秀秀跑上半山腰，藏在了草窠里。不一会儿，桂花婶子和街坊邻居的呼唤声便传了来：“秀秀，你跑哪儿去了？快回家——”

就不回，那不是我的家！秀秀抱着哈巴狗，一肚子怨气。这时，一个模模糊糊的人影从不远处跌跌撞撞地走来。秀秀扒拉开草叶瞪大眼睛细瞅，是桂花婶子。

“秀秀，你个死丫头躲哪儿去了，快出来!”桂花婶子骂声未歇，忽听什么东西从山坡上骨碌碌滚下，紧接着“咕咚”的一声大响，掉进了河里！

“秀秀——”

桂花婶子惊叫着，跟头把式地冲到河边，一头扎了进去。桂花婶子不会游泳，甚至连狗刨都不会，落水后扑腾了没几下便沉了底。等街坊们七手八脚地把她拖上岸时，人就剩下了一口气。

可能我看错桂花婶子了，就像柱子说的，她是刀子嘴豆腐心，没那么坏。孰料这个念头刚从心里冒出来，秀秀便觉出不是这么回事。桂花婶子被街坊抬回了家，秀秀也爬出草窠，畏畏缩缩地跟回。桂花婶子躺在床上，“哇哇”直吐脏水。秀秀蹭到跟前，诺诺地说：“婶子，我错了——”

“你个死丫头，敢跑了是吧？柱子，笤帚呢?”桂花婶子又来了劲。柱子胆突突地问：“妈，别打秀秀姐了，你刚才不是还救她了吗?”

“我救她？谁说的？我以为哈巴狗跳河了呢，我救的是哈巴狗!”桂花婶子伸手抓来笤帚，照准秀秀的屁股开打。秀秀咬牙挺着，恨恨地想，在这个家里，原来我还不如一只癞癞唧唧的哈巴狗！你打吧，打不死我我就放三粒黄豆！

四、儿子原来非亲生

青川县不产高粱小麦，就产黄豆。住在附近这一带的居民，主食副食也大多吃黄豆。豆面饼，豆面糕，豆花豆浆，就连咸菜也多由黄豆腌制。说实话，桂花婶子腌制咸菜的手艺真不错。先将一盆黄豆浸泡一天一夜，接下来放上花椒大料食盐，用中火煮一个小时。煮完晾干，再切上半斤肉丁，入锅翻炒，炒到豆香扑面才算完工。等秀秀考进县一中读高中时，每周回家，桂花婶子都会给她炒上满满一饭盒。而这一盒咸菜一带回学校，寝室里的好姐妹就会围上来争着尝，三尝两尝便见了底。咂么咂么嘴，一个个意犹未尽："秀秀，你婶子做得可真好吃。下次多带点，我们跟你交换。""秀秀，看你婶子炒的这咸菜，就晓得她对你很亲，对吧？"

很亲？是够亲的！秀秀心说，你们不知道，我藏在床下的坛子里都放进了多少颗黄豆。一粒黄豆就代表一次责骂；你们也不知道，每次吃饭时，桂花婶子就会当着她的面，往瓦罐里扔一粒黄豆。就算在校住宿，婶子也会掰着指头跟女葛朗台似的算得清清楚楚，一周七天，三七二十一顿饭，瞧准了，这是21粒，"哗啦"，一次性扔进了瓦罐。有一次，柱子不解地问："妈，秀秀姐有5天在学校吃呢——"

"废话！我不给她学费杂费，她不得喝西北风啊？"桂花婶子冷声打断了柱子。秀秀不作声，扔吧，我爸爸走了快10年了，也该回来了。即便他挣不来钱，等我长大了也会还她。算清一切，然后指着她的鼻子，像妈妈一样骂她声"泼妇"！我那半坛子黄豆，怎么也值一声骂吧？可出乎秀秀意料的是，柱子竟然早一步离开了桂花婶子！

那是个周末，秀秀刚走进秀水巷，便听到院子里传来柱子的哭喊声："妈，我不走，我不走，你别撵我走，我哪儿也不去！"

莫非柱子又闯祸了？秀秀不由自主地加快了脚步。推门进院，院子里多了五六个陌生人，一对中年男女正拉着柱子的手痛哭失声。桂花婶子背对着柱子，连连摆手："你走吧，走吧，跟你爹妈走吧。咱这个穷家，有啥可挂念的？”“妈，我不走，我说过要陪你一辈子的。”柱子“扑通”一声，跪在了桂花婶子的身后。

秀秀看得真切，桂花婶子的身子忽地一颤，似乎想回身扶起柱子，却终没回头，“秀秀，是你回来了吧？扶婶子进屋。”

进了屋，秀秀迟疑地问：“婶子，柱子不是你……儿子？”

是啊，柱子怎会不是桂花婶子的亲生儿子？这么多年，不管柱子惹多大事，桂花婶子都不肯动他一指头。自己身上掉下来的肉，怎舍得打？护犊情深，秀秀理解。所以，只要柱子惹事，桂花婶子便会拿她撒气。你是柱子的姐，照看不好弟弟，该骂。再者，将来养老送终，指望的还是儿子，不是她这个外人。纳闷间，桂花婶子幽幽地说：“柱子是我捡来的。我捡到他时，他才一巴掌大。算了算了，不说了，人家亲生父母找来了，就让人家领走吧。”

“说领走就领走，那怎么成？”秀秀想说，我吃你的饭你都记着呢，你白养他十六七年，就不心疼？桂花婶子怔怔地看着秀秀，说：“该走的，早晚都会走。你也是。”

正说着，柱子的亲生母亲跟进门，鼻涕一把泪一把地哭诉，当年柱子一出生，就被诊断患有先天性心脏病，那时他们家太穷，治不起。于是，柱子的父亲背着她，偷偷把孩子抛弃了。这么多年，她这个做母亲的总觉得孩子还活着，就四处打听，终于打听到了这儿。这时，那个中年男人也走进屋，从兜里掏出厚厚一沓钱递来，“谢谢你，谢谢你救了孩子。这点钱，你先收着。你要觉着不够，我们回家再取——”

桂花婶子没有接钱，居然还笑了，“你们带柱子走吧。你们不欠我的，相反，我还应该谢谢你们。”

谢他们？为啥？秀秀一头雾水。桂花婶子接着说：“养孩子是难，可恩不是债。他叫了我十多年妈，也让我活得有盼头。你说，我不该谢你们吗？”

尽管柱子的父母再三央求，可桂花婶子终没留下钱。柱子哭着走了，说过几天就回来。目送他们走出秀水巷，呆立片刻，桂花婶子又像啥事都没发生过一样，冲秀秀喊：“愣着干啥？泡豆子去！上学不带咸菜，干吃食堂我可没那么多钱！”

这女人，不会是铁石心肠吧？秀秀给嚷得一愣一愣的。但这天半夜，秀秀分明听到睡在一墙之隔的桂花婶子先是叹了一阵子气，接着呜呜地哭，一直哭到天亮……

五、校外遭遇惊马

柱子被亲生父母领走后不久，秀秀忙起来，为备战高考而忙得焦头烂额，一个月都难得回趟家。以前不回去时，是柱子给她送钱送咸菜，现在变成了桂花婶子。

在秀秀眼里，桂花婶子永远都是只不省油的灯。到了校门口，她从不进校园，而是求门卫找秀秀出来。见了面，将饭盒和钱往秀秀手里一塞，拧身便走。说不清为什么，秀秀慢慢长大了，恨意也在慢慢消减。她追出校门，紧跑几步赶上婶子，问：“婶子，下次来，你到我宿舍去，她们都说你炒的咸菜好吃。”

“我可没那闲工夫。”桂花婶子毫不领情，不冷不热地说：“你回吧，好好学习。你听好了，要考不上大学，就跟我摆摊卖菜去！”

热脸贴了个冷屁股，秀秀不禁一怔。不料，桂花婶子站住了，问：“往常一个星期要扔21颗黄豆，这回你一个月不回家，我该扔多少？你算算。”

小月30粒，大月33粒。秀秀哭笑不得。桂花婶子皱眉琢磨琢磨，又问：“你没蒙我吧？行，我也不差哪几粒。对了，你那死爸发了大财，快回来了。”

“真的婶子？我爸给你电话了？”秀秀一听，兴奋不已地抱住了桂花婶子的肩。这可是她第一次拥抱婶子。桂花婶子微微一怔，稍后推开她，嘟囔了句“养不熟的白脸狼，就想着你死爸”后，顾自走了。

这下好了，等爸爸回来，我再也不用看你的脸色了！可转念一想，秀秀又可怜起桂花婶子来。也是，一年一年，辛辛苦苦地靠摆菜摊、打零工赚点钱，大都花在了她和柱子身上。到头来，两个孩子全是人家的，一个也剩不下。唉，想那么多干吗？谁叫她动不动就拿我当出气筒来着！她要像对待柱子那样对我，等她老了，我还能不管她？

埋头嘀咕着，秀秀走向校门。蓦地，只听一阵刺耳的嘶鸣骤然撞入耳鼓。什么动静？秀秀不觉心头一紧，循声望去，仅仅看了一眼，秀秀便吓得目瞪口呆——

前方，一个男子正赶着载满纸箱的马车走来。真不巧，学校对面的一家小餐馆里好像有顾客打架，吵嚷得厉害，啤酒瓶子也“噼里啪啦”地飞出，碎了一地。大马受到惊吓，毛了，撒开四蹄拽着车子一路狂奔，直冲秀秀而来！

“秀秀，闪开——”

已走出十几米远的桂花婶子也看到了，大喊着跑回。就在大马撞上秀秀的那一刻，她已冲到跟前，张开双臂搂住秀秀，快速向路边倒去。马车撞上马路牙子，颠簸得纸箱纷纷塌落。缩在桂花婶子怀里的秀秀感觉到了，纸箱接二连三地砸在了婶子的背上，头上……

六、其实我也喜欢你

不知过了多久，秀秀醒了，一醒来便看到一个穿白大褂的护士站在面前。

“我婶子呢？我婶子她怎么样了？”秀秀忙拉住护士，焦急地问。护士指指对面的病床，“放心吧，她只是擦伤，没大碍。”秀秀抬眼看去，只见桂花婶子头上缠着绷带，正冲她笑。瞅到秀秀看她，脸色一下子绷紧了，咕哝说：“死丫头，害得我差点去了鬼门关。不过你能想着婶子，还算有良心。”

“婶子，谢谢你。”秀秀脸红了，轻声说。桂花婶子勉力坐起，对着病房门外喊：“柱子，柱子，秀秀饿了，饭买回来没有？”

桂花婶子的动静真大，震得人耳朵嗡嗡作响。同病房的患者都烦烦地瞪她，这让秀秀顿觉尴尬不已。很快，柱子拎着一兜子食品气喘吁吁地跑进来：“妈，您小点声，在医院门口我就听到了。”

桂花婶子四下看看，噤了声。柱子递给她一盒饭，转身又来到秀秀床前：“姐，你醒了？饿了吧？”秀秀摇摇头，“柱子，你怎么回来了？”

“我回来看妈，正巧碰上了。”柱子扶秀秀坐起，拿出几个水果。秀秀下了床，要去洗手间。桂花婶子又不管不顾地嚷：“柱子，扶着你姐，别摔着！”

走出病房，柱子张张嘴，欲言又止。秀秀注意到了，问：“柱子，你是不是有话要说？”“姐，妈说你爸爸快回来了。你……会离开我妈吗？”柱子吞吞吐吐地说："其实，她心里一直有你，不是你想的那样。"

她心里有我，不会吧？秀秀看向柱子。柱子说，还记得你第一次进家门，我给你卧荷包蛋的事吧？那是妈妈让我做的。柱子又说，那天你跑了，妈妈跳河，为的不是哈巴狗，是你。柱子还说，她心里要没你，能冲上去挡车吗？秀秀姐，我父母准备带我去西北读书，可能三五年都回不来。你要再离开她，她一定会很难过很伤心的。

可是，她为什么总骂我打我？还用黄豆记着我吃的饭？秀秀迟疑地说。柱子挠挠头，接着说："这事本来妈不让我告诉你，可我们都长大了，我觉得该让你知道。姐，你在我家住了这些年，吃到过一颗石豆吗？"

石豆，又叫哑巴豆，一碗黄豆里总有那么三两颗，形状比普通黄豆要小，不论下锅煮多长时间，都硬的像小石头，冷不丁咬上，能硌掉牙。秀秀听明白了，她没吃到过，是因为桂花婶子心细，一颗一颗都挑了出来。之所以放进瓦罐，平时还总斥责她，是想等她爸爸回来时，她能开开心心地走。桂花婶子一辈子信奉"恩不是债"，不想让她今后惦记她……

听着听着，秀秀禁不住红了眼圈。除了她没人知道，那晚在小青山上，她是故意将一块大石头蹬下去的。她想把桂花婶子砸进河里，再也不受她的欺负！

"我妈苦了半辈子，不容易。我走后，你一定要常回去看看她，行吗？"柱子哽咽着恳求，秀秀应了。然而第二天中午，在回家路上，秀秀又改变了主意。

那天一出院，桂花婶子就紧挨着秀秀走在了马路里侧。青川县的红绿灯少，交通秩序差，轿车马车还有三轮车混杂在一块儿，来往穿梭，稍不留神就会撞上。有两次，三轮车司机瞄见交警，掉头就蹿，车身几乎擦到了桂花婶子的胳膊。走在车水马龙中，秀秀想起曾做过的错事，于是侧脸看向桂花婶子，小声说："婶子，对不起。"

不料，桂花婶子连看都没看她，脸上，挂着一贯的古板和冷淡。

也许，桂花婶子没听到吧？不可能啊，婶子的耳朵尖着呢。有一回，隔着一堵墙，东邻女人跟人咬耳朵，说她对孩子不好，她当即炸了，破马张飞地一通叫骂。

"婶子，我，其实我挺喜欢你的。"秀秀鼓足勇气凑近桂花婶子的耳朵，提高了音量。但令她难堪的是，桂花婶子依旧直视前方，一幅懒得看，也懒得听的高傲架势。

哼，都说上赶子不是买卖，你不搭理我，我又何必涎着脸讨好你！秀秀羞臊得满脸通红，心说：爸，你快回来吧，我受够了！

七、让你左耳听见爱

爸爸终于回来了。正像桂花婶子说的那样，爸爸发了财，是开着轿车回来的。车进秀水巷还没停稳，秀秀便认出了爸爸。大哭着扑了上去："爸——"

"秀秀，你是秀秀？秀秀长大了，爸爸都快认不出来了。"爸爸老泪纵横，紧紧拥住了秀秀。一时间，积存在秀秀心里的委屈全变成了眼泪，"哗哗"地流个不停。泪眼蒙眬中，一个打扮华丽的中年女子也从车里钻出来。

"老苗，她就是你女儿？"中年女子扫了一眼秀秀，轻慢地问。爸爸连连点头，"是，是，她就是我女儿秀秀。秀秀，快叫妈妈。"

妈妈？秀秀抬起泪眼看去。不认识。她不是原来的那个妈妈，我不叫。秀秀执拗地扭转头。爸爸忙把秀秀拉到一边，低声说："秀秀，爸爸对不起你。这么多年，为了还债，爸爸几乎拼了命，可始终没赚到钱。直到前年爸爸遇上她，才有了转机。秀秀，听话，过去叫声妈妈，今后我们就是一家人了——"

话音未落，中年女子已走到身边，口气淡淡地说："不必了，叫妈我怕担待不起，还是叫阿姨吧。老苗，这巷子也太脏太乱了。你赶紧去办正事，办完我们马上走。"

"好，我这就去。"爸爸边说边拉着秀秀走向 27 号。那是桂花婶子的家。爸爸来了，她居然连门都没出！秀秀推开门，正看到桂花婶子在抹眼泪。见有人来，又忙不迭地抬起手背擦擦眼眶，板了脸："孩子养大了，你领走吧。"爸爸愣怔了一下，说："秀秀，你先到院外去，和你阿姨说说话，我有事要跟你婶子讲。"

秀秀一走出，门板便被爸爸关上了。秀秀忽地想到，桂花婶子含辛茹苦地养了柱子 17 年，却一分钱都没要。如果放在别人身上，不讨个 10 万 20 万才怪。眼下爸爸来了，桂花婶子会不会要钱？想着，秀秀蹑手蹑脚地贴近墙根，偷听。

爸爸说："桂花，对不起，让你受苦了。"

桂花婶子冷声回道："别说对不起，我没文化没教养，也不会勾引男人，你看不起我很正常。不过我可告诉你，秀秀跟了你，谁要敢动她一指头，我可不让！""我知道我知道，桂花，这是8万块钱，你先收下。如果有困难，你就跟我提——"

"我穷，可我不稀罕。滚，别脏了我！"桂花婶子大怒。

爸爸讪讪地退出。秀秀看看屋内，想说声"婶子，你多保重"，婶子却阴着脸摔上了门。

别了，秀水巷。秀秀在心里说。谁知刚出巷口，爸爸又踩了刹车，懊悔地直拍脑门，"你看我这记性，见到秀秀光顾高兴了，却忘了给桂花买的礼物。"中年女子一撇嘴，轻描淡写地说："算了吧，她养活自己的女儿，不是应该应份的吗？"

"你，你闭嘴！"爸爸神色有些慌，赶忙制止。秀秀听得心头一颤，急问："爸爸，她说的是不是真的？桂花婶子是我，我妈妈？"

爸爸犹豫了好长时间，终于告诉了秀秀真相——秀秀是他和桂花婶子生的孩子。就在秀秀出生那年，生意做得如日中天的他有了外遇。桂花婶子是个眼睛里不揉沙子的女人，坚决离了婚。为了让秀秀生活得幸福，能接受良好的教育，桂花婶子忍痛答应了他带走女儿的条件。孰想公司一破产，那个被秀秀叫了多年妈妈的女人就卷走了家里的存款，消失得无影无踪。在将秀秀送到秀水巷前，他向桂花婶子发誓，一定会东山再起，给女儿一个幸福的将来。桂花婶子也不想女儿永远留在穷困的秀水巷，便选择了继续隐瞒，选择了"绝情"！

"几天前我给她打电话，是柱子接的。柱子说，她为了救秀秀，被马车撞了，导致右耳失聪。这事她都瞒着秀秀，难道我给她买件助听器，不该吗？"爸爸大声质问。中年女子不依不饶，和爸爸吵起来。至于他们吵的什么，秀秀一个字都没听进去。秀秀想起了桂花婶子住院的情景，当时她还纳闷，婶子的嗓门咋那么高？也想起了过马路的情景。她跟桂花婶子说：我喜欢你。可桂花婶子没反应。原来，她的右耳失聪了，而我却再次错怪了她！

桂花婶子，不，妈妈，我哪儿也不去。你右耳听不见，我要让你的左耳听见，我真的很爱你！秀秀猛地推开车门，哭着往秀水巷跑。闯进门的刹那，她一眼便看到妈妈正抱着装满石豆的瓦罐哭成了泪人儿！

那是她留给自己后半生的念想，更是一罐子浓浓的爱……

背着老娘跳江桥

一、突发事件

天色傍黑，《松江晚报》记者部的报料电话突然丁零大响。赵南一把握起话筒，熟练地说道："你好，我是松江晚报的记者赵南，有事您说话。"

"赵记者，松江大桥，有个男子背着母亲要跳江——"

不等报料人说完，赵南已撂下电话，顺手抓起采访包风一般卷出了记者部。时间就是生命，猛料就是奖金，丝毫耽误不得。10 分钟后，司机载着赵南赶到了事发现场。

"请让一让，我是记者。"一钻出轿车，赵南便往围得水泄不通的人群里挤。挤着钻着，就听一阵躁狂的喊叫声传来："离俺远点！俺不是吓唬你们，谁再靠前，俺就背着俺娘跳下去！"

费了好大劲，赵南才挤到了最前面。左右瞅瞅，维持秩序的警察来了，其他新闻媒体的同行也来了。再抬头看去，赵南登时惊出了一身冷汗——那个男子看上去大约有 30 岁，此时正站在一米多高的桥栏外，一手抓着护栏，一手点划着试图靠前解救的警察大喊大叫，情绪很是激动。要知道，他踩着的桥沿仅有十几公分宽，桥面距离滔滔江水足有二十多米高，一旦失足掉下去，后果不堪设想。更何况，男子背上还用绳子捆着一位身材干瘦、神志恍惚的老太太！

"喂，你千万不能犯傻！你要跳下去，那可是两条人命！"赵南慢慢凑前，尽量放缓口气劝说："有什么事，你过来说。这儿有警察，也有新闻记者，我也是记者，我叫赵南，我们都会帮助你的——"

“你闭嘴！俺石大春不会信你。俺娘病了，找谁谁不管，俺看着难受哇。活着俺没本事让娘享福，到了那边俺会好好孝顺娘的。娘也说了，不管俺咋做，她都不会怪俺。”男子边大声说边哭得一塌糊涂。

赵南听出了个大概。男子叫石大春，他母亲生了病，没钱医治，被折腾得要死要活。实在没辙，便动了以死求解脱的念头。赵南皱眉琢磨，觉得就算说破嘴皮子也未必能见效，还不如激他一激，劝将不如激将嘛。于是扯开嗓门质问：“石大春，你动脑子想想，你娘生你养你，容易吗？到头来，你却要带你娘去死，你还算人吗？你支起耳朵听清了，我愿意帮你联系医院，给你娘看病。我相信大伙也绝不会袖手旁观！你听我一句，别犯浑，快过来！”

赵南连损带骂，还真凑了效。石大春嘎巴嘎巴嘴，没词了。接下来，近百围观者稍稍松了口气。因为石大春似乎被骂醒了，慢慢把老娘转到身前，并腾出一只手解开了绳子。赵南见状，快步走上，紧紧抱住了老人。但就在大伙都认为险情解除、警察一拥而上要将石大春拖进桥栏时，石大春突然猛地后仰，用力一蹬桥沿跌了下去，一声嘶声悲呼随之震颤了所有人的心：“娘，大春不孝，大春没脸再活着哇——”

二、爱心援手

跳江事件，很快在松江市掀起了轩然大波。第二天，各家报纸纷纷在头版位置对事件进行了详细报道。晨报设计的标题格外醒目：“不孝子背母跳江，天理难容”；日报也登出大幅照片，还辟出专栏做后续报道。出人意料的是，《松江晚报》却没大动静，只发了条不足百字的小消息。领导大为生气，将赵南叫进办公室，劈头盖脸便是一通训：“当时你在现场，距离当事人最近，还参加了救援。这料多猛，你怎么就写了这几个字？”

“对不起，没能救下石大春，我心里很内疚。”赵南歉意地回道。领导当即拍了桌子，“内疚有屁用？内疚能当独家新闻吗？赵南你听好，从目击者的角度尽快给我出一个专版。我要的是深度，不是泛泛之谈，懂吗？”

懂。退出领导的办公室，赵南率先拨通了江桥派出所的电话，询问石大春的音讯。对方回复，情况不容乐观。石大春坠落的地点水深浪急，漩涡连着漩涡，短短数秒就能冲出几公里。虽说所里在第一时间便派出救生艇进行打捞，但至今毫无收获。

赵南的心一下子悬到了嗓子眼里。石大春不见踪影，生死未卜，那他老娘的情况咋样？想着，赵南又拨下了好友小宋的电话号码。小宋是市医院的护士长，也是赵南的独家报料人。一经接通，小宋就叽叽喳喳地报起忧来："老人叫周桂芬，送到医院时还处于半昏迷状态。我们已经给她做了全面检查，结果很不妙。差不多老年人易得的病，她都得上了。慢性支气管炎、震颤性麻痹、颈椎病——"

"打住打住。"赵南被乱七八糟的医学名词搞得头大，忙不迭地问："有没有好消息？"

有。小宋回答得非常肯定。经过媒体的宣传报道，一早便有许多热心市民来到医院看望老人，捐献爱心。街道办、民政局和市政府的领导也来了，并再三表示：不管花多大财力，都要给周桂分治病，要让市民知道：老人生病，儿女不管，政府会管！民政局的一把手甚至拍红了胸口，当众表态：人民公仆不关心群众疾苦，那还叫狗屁公仆？

听到这儿，赵南稍稍放宽了心。孰料，小宋随后说的话又把他惊住了："还有个情况，可能听说给老人治病的款项会有节余，眨眼又跳出一儿一女两个孩子来！"

三、如此孝子

这，绝对是个好素材，赵南迅速赶往医院。

在小宋的帮助下，赵南单独采访了周桂芬老人的一双儿女。周桂芬的女儿叫周兰，高颧骨，杏仁眼，天生一副刁蛮样。赵南只问了一句："你是老人的女儿吧？"周兰的薄嘴唇一动，就让赵南领教了啥叫牙尖嘴利，巧舌如簧："我是我是，如假包换。晓得我为啥随娘的姓叫周兰，而不叫王兰吗？对了，我爹姓王，我还没记事他就殁了，一点不亲。我跟娘亲，到啥时候她都是我亲娘。你说，亲生女儿能不管亲娘吗？这些年，为了给娘治病，我是风里来雨里去，四处打工赚钱。可我没文化，也没技术，辛辛苦苦一年到头，也只能赚个饱肚子。记者同志，我指天发誓，从今往后，我天天守着娘陪着娘——”

“够了够了，周兰，不是当哥的说你，自从你出嫁，你回过几次家，看过几回娘?”周桂芬的儿子打断了周兰，没好气地指责说：“你来看娘，安的是啥心别人不知道，我还不知道？一进医院门，你就去财务室，问账上有多少钱；又去找大夫，问治病能花多少。听大夫说费用全免，你就娘啊娘啊的嚎上了。娘还没死呢，你嚎的哪门子丧?”

“哪也比你强，你娶了老婆忘了娘！那个懒婆娘说啥你都听，娘那么大岁数你们还赶她出来捡破烂，单住，病了连口凉水都不给端。你的心都让狗吃了!”周兰反唇相讥，破口大骂。

这兄妹两人火药味十足地一掐架，赵南顿觉哭笑不得。在来的路上，他问过小宋。小宋说，老人得的病主要是营养不良引起的，治疗起来应该不难。上级部门已跟院领导沟通、协商过，住院费用全免。这样的话，来自商家和好心人的捐款基本能全剩下，粗略算算，大约有12万。12万，在这座消费水平并不太高的城市，足够老人安享晚年了。如果谁赡养老人，这笔钱就将落到谁手里。心下想着，瞅准兄妹俩歇火再战的空当，赵南冷不丁地插话：“我想问问，你们知道母亲得的是什么病吗?”

啥病？两人大张着嘴巴，同时怔住了。你瞅瞅我我瞅瞅你，全成了哑巴。赵南不由心寒，气得想骂人。这个说多么多么爱娘，那个说如何如何疼娘，全他妈的鬼话，屁话！强耐着性子，赵南不冷不热地说：“你们别吵了，还是去听听老人的意见吧。”

经过抢救，周桂芬老人已恢复神智，能够接受采访。走进特护病房，周兰当即跪倒在床前，拉住娘的手哭天抹泪。她那儿子更有孝心，不是捶腿就是敲背。赵南问：“大妈，大夫说治疗一段日子，你就能康复。可出院后要好好静养，不能干活。您想过没有，今后是跟儿子过，还是跟女儿过?”

老人目光呆呆地望着屋顶，既不看儿子也不瞅女儿，沉默了好半天才慢腾腾地说：“我是老了，可眼没瞎，心也没糊涂。医院救了我的老命，能让我多活几年，我感激，我知足。宋护士也讲了，不少好人给我这个老婆子拿了钱。那些钱，我一分都不要——”

话音未落，两兄妹不约而同地喊出了声："娘，钱咋的要，不能不要！"

"记者同志，你就当个见证人。钱全退回去，我不要。"说到这儿，周桂芬老人的眼里不知不觉间含满了泪，哽咽失声："不，我得留一点，够给石大春修座坟就成。石大春，是娘害了你哇——"

四、走投无路

采访完周桂芬老人，号称《松江晚报》"一支笔"的赵南犯了难。这篇新闻报道该怎么写？正梳理思路的当儿，小宋又爆出一个猛料：老人的一双儿女人间蒸发，全没了影！更可气的是，热心人送来的水果、补品也被他们顺手牵羊牵走了一大半！

奶奶的，坊间说：养儿不孝不如养头猪，这话真是不假。愤愤地骂着，赵南想到了那个正处在风口浪尖上的男子——石大春。眼下，各家报纸口诛笔伐，街头巷尾人人咬牙切齿，恨不得抽干松江水，将石大春翻出来后剥皮抽筋。但另一个事实是，不管人们怎么恨他，周桂芬老人却不恨，心里想的也只有他。

驱车来到江桥派出所，警察摇摇头，一脸的无奈：从事发到现在，搜救队始终在打捞，很遗憾，连件衣服都没发现。估计，生还的可能性不大，所里已做出了停止继续搜救的决定。赵南没再多问，沿着江畔往下游走去。走了大约 3 个小时后，一座房舍稀稀落落的穷困小村映入了眼底。

这个村子，在地图上叫百家堡。据说当年建村时，村里整整有一百户人家，所以取名百家堡。而现在，大部分年轻人都到城里打工，挣钱后又在城里安家落户。掰着指头数数，如今多说还有二十几户。踩着坑洼不平的石板路又拐了两个弯，赵南站在了一间破败的石屋前。

举手敲门，"吱呀"声响，漏风的门板启开一条缝，半颗脑袋探头探脑地伸出来——是石大春！

一见赵南，石大春双膝一软，"扑通"一声落了地："赵记者，谢谢你，谢谢你救了我娘——"

原来，赵南早就认识石大春。那还是一个月前的一天，赵南接到小宋的报料，称有对小情侣双双玩网恋，卿卿我我死去活来，谁知一见面却是他们本人，于是乎男的拳打脚踢，女的魔爪狂舞，全挂了彩，正在医院治伤。等赵南匆匆赶去时，恰在门口撞见了石大春。石大春背着娘，边走边“吧嗒吧嗒”地掉泪。赵南心生纳闷，忙上前询问。这才得知他背着娘已走遍了全市的每一家医院，结果如出一辙：没钱？对不起，医院不是慈善机构。要没钱都来看病，医院还不黄摊了？赵南说：“你们怎么不去找村委会，找街道办？”石大春唉声叹气：“人穷，到哪都挨白眼，没人管。俺娘眼瞅80了，没低保，也没医保，俺又没能耐，从地里拾掇出的那点庄稼换不了几个钱……”

说话间，赵南听到石大春的肚子咕咕叫，就带他和娘去了街边的小饭店。石大春不肯吃，在赵南的再三相劝下，石大春只要了两碗白米饭，一碗喂给娘，一碗他吃。赵南冲服务员招手：“来两个小菜。”不想，石大春拦住了他，支支吾吾：“别，别，要不，您再给俺上三碗米饭吧，俺一天没吃东西了。”就在那天，赵南记住了一个词：狼吞虎咽。

随后几天，石大春领着赵南回了趟百家堡。村委会主任双手一摊，账上没钱，想帮也帮不了。再去民政局，领导也是叫苦不迭：“资金紧张，难办。再说，像她这种情况太多，总不能来一个我们解决一个吧？要不，让百家堡开证明，给老人办低保？”

“那也行，多长时间能办下来？”赵南追问。领导说：“我们尽快去办，顶多三五个月。”

听说要三五个月，石大春禁不住放声大哭：“俺娘天天头晕，气管也不好，有几回要不是俺给娘吸痰，娘都憋死了。俺怕，怕一眼瞅不到，娘就……”

眼泪，解决不了问题。赵南跑断了腿，收效甚微，而周桂芬老人的病愈加严重，神智时而清醒时而迷糊，不能再耽误。无奈之下，赵南把石大春拽到背静处，问：“你水性好吗？”石大春不明就里，蒙蒙地看着赵南。赵南附耳说出了他的主意。石大春先是吃惊，接着不停地点头如鸡啄米：“会，会，俺的水性可好了，好得没的说，憋一口气能游十几里。”

于是，背娘跳江桥事件上演了。

“石大春，我好心帮你，可你却撒了谎，一直在骗我！”赵南盯紧了诚惶诚恐的石大春。

石大春一听，眼泪“哗”地又流满了黝黑的脸庞……

五、破解骗局

赵南说的欺骗，是指周桂芬并非石大春的亲娘。周桂芬只有两个孩子。他搞不懂，石大川为何要冒充周桂芬的儿子，还背着她到处去看病。可让赵南难以置信的是，石大春说走了嘴，居然骗了他两次！

从石大春的哭诉中，赵南听明白了石大春撒谎的理由。石大春是个从外地流浪到百家堡的孤儿。从住进百家堡的那天起，周桂芬没少接济他，冬天缝补衣裳，夏天教他种地，做了好吃的也不忘给他送一碗。后来，周桂芬儿子娶妻，女儿出嫁，均另立门户单过，谁也不肯赡养她。周桂芬只好依靠捡破烂换点钱，艰难度日。去年深冬的一天，周桂芬卖破烂回来，半道上被儿媳截住，将她推了个跟头后掏走了她兜里的零脚碎毛。老人没了活路，要上吊，幸亏被憨实的石大春撞见。石大春就把老人接到自己的破屋里，当亲娘看待。

“赵记者，俺不是有意要骗你。俺要不说她是俺亲娘，俺怕你不信俺，不帮俺。真的，在俺心里，她就是俺娘，俺亲娘。”石大春指着心口说。

这次欺骗，赵南能理解，也能原谅。但第二次说谎，着实让赵南吓得心惊肉跳，差点犯下致命的过错——石大春除了会几下狗刨，简直跟旱鸭子没两样！

“石大春，你要淹死了，我可要后悔一辈子！”想想江桥下暗流涌动，赵南不觉心有余悸。石大春挠挠头，破涕憨笑：“没事没事，俺命大，淹不死。只要能给俺娘看好病，俺啥都不怕，啥都愿意干——”

“是吗？那你跟我走吧，我们去派出所。”赵南一本正经地说。孰想，石大春点点头，毫不犹豫地迈步就走：“成，蹲大牢也成。你救了俺娘，俺啥都听你的。”

赵南没有吓唬石大春。背着老娘跳江桥，引得那么多人围观，严重扰乱了社会秩序，理应受到治安处罚。当然，该受处罚的还有他赵南，因为，是他设计了这场“跳江秀”。

虽然冒险，偏激，可这也算走投无路中没有办法的办法。无噱头，不新闻。如果不这么做，在医疗体系尚不完善的当下，谁又会来关注、救助这对没有血缘关系的母子？无关痛痒的推诿与扯皮，只会要了老人的命。其实，他们的愿望非常简单、纯朴：只求看好病，爱心人士的捐款，全数退还！

走在去往江桥派出所的路上，赵南暗想：为这事即便被治安拘留，即便丢了工作，也值，绝不后悔。

爱的“绝唱”

忍？继续忍？还要忍多久？

思来想去，卡特终于下定了离家出走的决心。促使他最终做出这个决定的，是在华盛顿这座寸土寸金的城市里，居然有人愿意以每月400美金的低价出租房屋。

月租如此低廉，应该不会有什么问题吧？几乎在出租信息贴上求租网的同时，卡特便拨通了房主的电话。房主倒也痛快，直截了当地请他过去看看。如果不满意，当然可以免谈。卡特一听，不等挂断电话人已冲出了门。

半个小时后，卡特走进了要出租的房间。房子采光不错，装修也考究，更重要的是周边环境比较安静，这让卡特感觉非常满意，当场便签了租住半年的协议。房东收完钱，临走不忘叮嘱一句：“协议已经生效，你若反悔，可要交纳500块违约金。”

这么好的条件我是求之不得，怎么会反悔？卡特满心欢喜地接过了钥匙。等房东走远，一个中年男子很快出现在门口，迟疑地问：“你好，我叫安，亨利·安，你是新来的房客吧？”

看得出，安是住在隔壁的邻居。卡特点点头，做起了自我介绍。不料，安居然客气得让人难以接受，还请他今后多多包涵，谅解。卡特顿觉纳闷：我们素不相识，你住你的，我住我的，完全没必要过于客气。但搬来仅过了一夜，卡特便明白了房租为什么会如此便宜，安又为什么会说那样的话——一墙之隔，竟卧着列“火车”。三更半夜，“火车”发出的动静少说也有80分贝，简直太刺耳了！

第二天天没亮，被震得头晕目眩、几乎一夜没睡的卡特便“咚咚”敲响了隔壁房门。

门开了，出来的是个身材干瘦、看上去约摸有40多岁的中年女人。卡特强耐着性子说："你是安先生的妻子吧？你丈夫的鼾声连上帝都受不了。作为妻子，你怎么不领他去医院看看？"

不料，中年女人顿时脸现窘态，难为情地说："抱歉，真是抱歉。打呼噜的不是我丈夫，是我。我向你保证，今后，我会多加注意。"

天，是你？一个瘦女人，竟能打出如此刺耳的鼾声？卡特当场愣住了。但事实就是事实，不容你不信。下午时分，安专门登门道歉，说他妻子从小就患有打鼾的毛病，鼾声最高能达到110分贝。110分贝是什么概念？也就是说：比轮船的汽笛声稍微差那么一点点。为此，结婚20年来，她戴过鼻箍、看过医生，大把大把地吃过药，甚至还做过手术，可丝毫不见效。听着安的诉说，一丝同情爬上了卡特的心头：天天晚上躺在火车道边睡，塞耳孔，戴耳机，脑袋依旧被轰得嗡嗡响，也真难为了他！

次日深夜，卡特又被高亢的鼾声震醒。那鼾声大有排山倒海、天塌地陷之势。卡特被折腾得实在睡不着，只好披衣下床，打开窗户想透口气。可往外一看，不觉哑然失笑：妻子打鼾，把丈夫都给震跑了——此刻，安正蹲在楼下唉声叹气呢！

堪称艰难的煎熬中，卡特总算熬过了一周。在这七天里，他摸出了隔壁女人打鼾的规律：鼾声会在凌晨两点准时抵达令听力神经难以承受的高度。等那一声持续长达3分钟的"绝唱"消失后，这一夜的演出才宣告结束。一摸清规律，卡特便及时调整作息时间。两点过后，再上床休息。

这天深夜，凌晨两点将至。卡特正在看电视，忽听敲门声响起。

这么晚了，会是谁来？卡特心生纳闷，起身开门。

来的是安。安耸耸肩，双手一摊："这么晚打扰你，真不好意思。我原本想下楼的，可天正下雨，没地方去。我看到你房间的灯还亮着，就想来暂避一会儿。你不介意吧？"

"没关系，请进。"想想男子为躲避鼾声，夜夜都要出逃，卡特觉得他实在是太可怜了。男子说声"谢谢"，进屋坐到沙发上，搭茬："卡特先生，听说你是个专栏作家，女儿和妻子都很漂亮，你为什么要出来租房子？"

"别提了。"卡特一脸无奈，说："我在多家报纸开有专栏，每天都需要写稿子，可我的妻子露丝非常非常爱唠叨。也许你不信，几天前，我不小心打碎了一块盘子，她居然唠叨了两天两夜。结婚10年，她的嘴巴就没闭上过!”

“就因为她爱唠叨?”安疑惑地问。卡特回道：“没错，她一唠叨，我就烦得要命。不过说实话，我挺佩服你的，你能和妻子一起生活20年，真不容易。”

听卡特这么一说，安稍一思忖，竟做出了一个很不雅的举动：脱鞋。脚掌尚未探出鞋子，一股刺鼻的臭味便扑面而来，熏得卡特直皱眉!

见此情景，安忙将脚伸进鞋子，系好鞋带，一脸认真地说：“在你之前，至少有七八个房客跟我说，你能忍受妻子的呼噜声长达20年，简直是奇迹。只是他们不知道，我这双脚自小就臭，从不敢在人前脱鞋，而且怎么治也治不好。可结婚20年来，我的鞋子，我的袜子，都是她给我洗刷的。甚至我工作累了，她还要给我洗脚，而她从未说过一个臭字。卡特先生，夫妻相处，彼此包容、相互关照才是金啊!”

《圣经》上说：你娶了她，就娶了她的善良、美貌，还有她的不足。爱她，就要爱她的一切。安说的对，彼此包容、相互关照才是金，卡特沉默了。

沉默中，高亢的鼾声准时飘响。不过，在“绝唱”消失前，卡特又做出了一个决定：这将是我最后一次聆听美妙的绝唱，明天，我将搬离这儿，搬回家去，跟露丝说一声：“对不起，我喜欢听你的唠叨——”

永远的秘密

一、闹市血案

傍晚时分，刚走进人来人往、热热闹闹的秀水巷菜市场，一阵嘈杂的慌叫声便撞入了宋子凯的耳鼓："不好啦，要出人命了——"

要出人命？难道，有歹徒打劫？宋子凯不由一怔，忙循声看去。很快，他看到了疯狂的一幕：三五个凶神恶煞般的劫匪正往死里殴打一个卖西瓜的摊贩。

不，不是劫匪，是城管。不管谁对谁错，如此执法，也忒野蛮，忒霸道了吧？生性正直的宋子凯顿时火起，可拔腿刚要冲上去制止，血案瞬间发生了——

"奶奶的，我让你卖我生瓜蛋子，我让你坑害消费者！"其中一个约摸有二十岁出头的年轻城管愤愤地叫骂着，猛地抬脚踹翻了西瓜摊。个顶个大的西瓜撒了一地，满街乱滚。一直抱头蹲在地上，任由对方拳打脚踢的摊贩终于急了，大叫着扑去阻拦："你打我行，求你别踹我的西瓜！"

"我就踹！奶奶的，我不光要踹烂你的西瓜，还要踹死你个该天杀的王八蛋，踹死你个畜生！"城管恶狠狠地抬起脚，使出全力跺向滚到脚下的一只西瓜。"嘭"，西瓜被踏了个稀巴烂，鲜红的汁浆四下飞溅。恰恰此时，另一个城管的拳头已砸在了摊贩的后脑勺上。摊贩的身子冷不丁地一晃，随即趔趔趄趄地撞向踩踏西瓜的城管。

这个短暂的仅有数秒的打斗过程，让宋子凯看的真真切切：摊贩撞到了城管的腰，城管脚下湿滑，一时没站住，"扑通"一声摔了个狗吃屎。

"王八蛋，你竟然还手？看我不打死你！"城管破口大骂着想站起来。但，他再也没有机会了。适才他踹翻摊床，尺长的西瓜刀掉落在地。不巧的是，刀把恰被两个西瓜夹住，锋利的刀尖就那么明晃晃地直立着，一下子攮进了他的心口！

“杀人了，苟二杀人了！快跑啊——”

血案铸成，现场一片混乱。宋子凯赶紧拨打了报警电话。几分钟后，秀水巷外，刺耳的警笛声呜哇大响……

二、养母情深

这天是宋子凯的母亲宋桂芬的生日。宋子凯去秀水巷，本打算买点新鲜蔬菜带回家，好亲自下厨给母亲做一桌丰盛的拿手好菜。不是吹，宋子凯的厨艺不错，煎炒烹炸溜汆炖，样样做的有板有眼。也是，自打6岁那年被宋桂芬收养后，宋子凯就开始学着做饭。转眼18年过去，只要能叫得出名的家常饭，没他做不来的。记得大概从12岁起，每年母亲过生日，宋子凯都要下厨。一想到母亲为了他风里来雨里去地忙碌，一个人硬撑着将他抚养成人，读完大学有了出息，宋子凯满心都是感恩。可是今晚，他不能按时回家了。

“妈，我还有点事要做，可能晚一会回家。你别着急，等我回去再做饭。”走到刑警队门前，宋子凯给母亲打去了电话。作为目击证人，他觉得很有必要跟警察说明当时的情况：那个叫什么苟二的摊贩并没有杀人，城管是自己扑到刀尖上去的。录完口供，警察紧盯着他的眼睛，再次询问：“你敢确定？”

“当然。我距离最近，看得明明白白。”宋子凯非常肯定地说道：“警察同志，我是个律师，与双方都不认识。我清楚我在说什么。”

警察没再多说。宋子凯签了字，快步走出刑警队。急匆匆地一奔进家门，母亲就迎上来，急切地问：“凯子，没啥大事吧？”

“妈，没事。您先坐着，今天是您生日，我这就做饭去。”宋子凯挽起袖子正要下厨，电话却又“嗡嗡”地叫起来。是短信。来信显示，是发自“血脉相连”QQ群的信息。在网络上，宋子凯是这个群的管理员。尽管群内的成员来自天南海北，五湖四海，但他们都有一个共同之处：那就是拥有RH阴性血。RH阴性血又称“熊猫血”，是一种非常稀有的血型。在中国，拥有该种血型的人不足千分之三。

一经点开，宋子凯不禁怔住了。只见短信如此写道：“各位群友，黎城公安医院新接收了一名危重病患者，急需 RH 阴性 A 型血。在黎城居住的群友，还望火速援手——”

宋子凯就住在黎城，公安医院离家也不过两站地。救命要紧，看来，我必须得去一趟。正自出神，母亲走来，迟疑地问：“凯子，是不是又有事？”宋子凯赶忙揣起手机，愧疚地说：“妈，真对不起，我还得出去一趟。”

“去吧去吧，妈知道你做的都是正经事，是好事。”母亲边说边送宋子凯出了门。站在门口，母亲犹豫了几秒钟，幽幽地说：“凯子，你工作那么累，千万别逞强，能献多少就献多少，啊？”

都说母子同心，真是一点不假。就连我心里想什么，母亲都能猜到！听着母亲的叮嘱，宋子凯不觉心头一暖。他是个可怜的孤儿。听福利院的院长说，当工作人员在院外发现他时，他看上去只有 3 个月大，襁褓里啥证明都没有。6 岁那年，宋桂芬领养了他。等到渐渐长大，宋子凯才得知，养母宋桂芬曾结过婚，因不能生育被丈夫打出了门。把他领进家后，宋桂芬全心全意地照顾他，拼死拼活地赚钱养家。后来，宋子凯曾多次劝过母亲，你还年轻，长的也漂亮，要碰上合适的主儿，就结婚吧。我会好好孝顺你们的。宋桂芬一个劲地摇头：不嫁。这辈子我能有你这个儿子，知足了。在妈心里，啥也没你重要。相依为命了这么多年，尽管宋子凯早把宋桂芬当成了亲妈，可他仍在偷偷地寻访亲生母亲的下落。找到亲生母亲，不为别的，只想问一句话：虎毒不食子，你既然不想养我，狠心地抛弃我，那为啥还要生我?!

三、烫手山芋

二十分钟后，宋子凯风风火火地冲进了公安医院。经过采样，化验，当被告知可以为病人输血时，宋子凯又怔住了——那个躺在病床上哼哼唧唧、脸色苍白得吓人的病人，居然是被城管好一通胖揍的苟二！

“你认识他？”守在旁边的一位警察似乎看出了端倪，警觉地问。宋子凯回道：“谈不上认识，他挨打时我正巧在跟前。对了，他伤的怎样？”

“大夫说，是脾被踢坏了，大出血。好在出血点已经止住，如果不及时输血，可能会有生命危险——”

“这帮混蛋也太嚣张了，打人真够狠的！”不等警察说完，宋子凯便打断了他，接着说：“我已经在刑警队录过证言了，你们应该尽快将凶手绳之以法。”

“抓捕嫌疑人是我们的事，你的事就是为他献血，懂吗？”警察瞅瞅宋子凯，又看看苟二，不冷不热地下了“禁口令”。宋子凯犯了嘀咕，警察看我的眼神怎么怪怪的？莫非，他以为我和苟二是亲属？闷闷地想着，宋子凯也认认真真地打量起苟二来。可不，额头有点像，宽宽的，只是他秃顶秃得厉害，地方已无力支援中央；而我刚出现秃顶的迹象；还有鼻梁，都是一样的高挺……不，不可能！天下面相酷似之人海了去了，单凭额头和鼻梁，就确定我们有关系，也太牵强了吧？不牵强，更重要的是血型都一样，都是极其罕见的RH阴性A型血！念及此，宋子凯情不自禁地打了个寒噤。

输完400cc血，宋子凯满腹狐疑地走出了病房。第二天一早，他就直奔司法鉴定所，去找好哥们秦方。两人一见面，宋子凯便递上两个分别装有发丝和蘸血棉球的透明塑料袋：“大秦，又来麻烦你了。你帮我检测检测，越快越好。”

发丝是他从苟二病床上捡的，蘸血棉球是他输血时用的。秦方接过去，爽快地说：“都是哥们，别客气，最迟后天给你结果。至于费用，免，到时请我撮一顿就成。”

“一言为定。”告别秦方，宋子凯赶去了自己开的“天秤”律师事务室。可屁股还没落座，就见一个中年女人脚跟脚地闯进，双膝一屈跪倒在了地上：“你是宋律师吧？求求你，你可要帮帮我啊。”

“快起来快起来，有话慢慢说。”宋子凯赶忙扶起女人，让她坐下。女人鼻涕一把泪一把地说，她叫张霞，老公姓苟，叫苟二胜，街坊邻居都管他叫苟二。昨天傍晚在秀水巷菜市场，几个城管来买瓜。苟二卖的明明是熟瓜，可不知咋回事，一转眼的工夫就变成了生瓜蛋子。城管们不依不饶，踢翻了摊床不说，还将苟二打了个半死。说到这儿，女人起身又要下跪：“宋律师，你相信我，我老公他没杀人。他要被抓起来，我这个家可就毁了，我和孩子都指望着他养活呢。”

“你别急，世间自有公道。现场有那么多目击者，他们会给你丈夫作证的。”宋子凯好言安慰女人。可出乎意料的是，接下案子去秀水巷一走访，宋子凯才明白接到手的竟是个烫手山芋——根本没人愿意替苟二作证！

为啥？摊主们纷纷撇嘴：为啥？人只能帮人，怎能帮畜生？再三询问，有个老街坊气鼓鼓地道来：这个苟二不是好东西，是色狼！二十多年前，他专对女孩子下毒手。至少有五六个年轻女孩被他糟蹋，有个女孩不堪其辱，还跳了河，丢了命。落入法网后被判处无期徒刑，在大牢里蹲了整整17年才放出来。老百姓都说“狗改不了吃屎”，像他这号主儿，就该是监牢里的货！

宋子凯不解地追问：“可是，他出来后不是改邪归正，还娶妻生子了吗？”

“改邪归正？呸！那个女人也不是啥好货色，听说也是打里面出来的。臭味相投，混呗。想让我给他作证，我没哪闲工夫！”老街坊嘲弄地说完，背手走了。其他人一看，也“哄”地散去。

忙活了一天，遛到腿软，嘴皮子差点磨破，宋子凯却没找到一个愿意作证的证人。但就在回家的路上，有个人高马大的男子却主动拦住了他。只不过，男子还带了一把卡簧刀！

四、怕啥来啥

天色已黑，借着街灯发出的黯淡光线，宋子凯瞅见对方的眼睛里含满了令人不寒而栗的杀气。

“你是谁？想干什么？”宋子凯不由自主地退后一步。男子摆弄着卡簧刀逼来，冷哼道：“我是张军的弟弟张兵。宋大律师，你不会不知道张军是谁吧？”

知道，就是那个命丧秀水巷菜市场的城管。宋子凯说：“对不起，我已经接了苟二胜的案子。如果你想请律师，还是找别人吧。”

“找谁都不如找你！”张兵阴恻恻地说：“只要你推了苟二胜的案子，能得多少律师费，我分文不少地给你。要是你执意帮他，哼，可别怪我不客气！”

“你……为啥要这么做？”宋子凯问。

“我要他死！就算不死，也要他滚回大牢里去！”张兵咬牙切齿地说：“苟二这个畜生，害苦了我家！20多年前，他，他伤害了我妈，害的我爸和我妈离了婚。我妈受了那么多委屈才把我们兄弟俩拉扯大，可，可他又杀了我哥！宋大律师，你说这个仇我要不报，还配做男人吗？”

难怪张军会往死里打苟二，也难怪苟二不还手，原来个中夹缠着这般难解的隐情！可是，苟二所犯下的罪恶，已经受到法律的惩处，蹲了十多年大狱了。再冤冤相报下去，何时是个头？宋子凯沉默片刻，刚想开导张兵几句，就听不远处传来了母亲的问话声：“凯子，是你吗？”

张兵瞪视着宋子凯，恶声恶气地扔下句“宋大律师，你好自为之”后，转身隐进了黑黢黢的街巷。宋子凯忙走向母亲，答道：“妈，是我。你怎么出来了？”宋桂芬嗔怪地说：“昨天你输了那么多血，妈心疼，就早早地给你炖了鸡汤，可干等你也不回来，妈哪能放得下心？”

“妈，对不起，让你着急了。”宋子凯伸手搂住宋桂芬的肩，一起往家中走去。走着走着，忽又站住了，“妈，这两天我遇到了件麻烦事，我不知道该不该再做下去。”

宋桂芬笑了，说：“凯子，从小你就正直，热心肠。你做的事妈虽然不懂，可妈觉得，只要你认为对就做下去，妈支持你。”

“可我担心……担心那个人会和我有关系！真的妈，我好怕！”宋子凯顿觉心烦如麻。从输完血走出医院的那刻起，他就在翻来覆去地想，越想越怕：自己被抛弃，很可能与苟二有关，而当时的情形也很可能是这样的——被苟二强暴的受害者生下了他，迫于种种压力，不得不把他送到了福利院门口。万一真是这样，哪又该怎么面对苟二？

宋桂芬一听，也愣住了。恰恰这时，宋子凯的电话响了，是秦方。秦方笑呵呵地说：“哥们，我对你可绝对够意思。一接到你下达的命令，我马上做了检测。”宋子凯的心一下子悬到了嗓子眼里，着急地催问：“少啰唆，快说，啥结果？”

“好好好，我说，你听仔细了。”秦方清清嗓子，一字一顿地说道：“本人采用美国ARS公司生产的四色荧光标记试剂盒，对你提供的毛发和血迹进行了16个基因位点多态性鉴定，结果是个体识别率达99.999%，非——父——排除率达99.999%……”

接下来，秦方又聒噪了些什么，宋子凯只觉脑袋里一阵轰鸣，一个字都没听进去……

五、无愧良心

回到家，打开电视，播出的恰是秀水巷菜市场命案的报道。画面上，被采访者几乎口出一词：是苟二胜行凶杀人！这一夜，宋子凯睡意全无，直折腾到天亮也没合过眼。一早爬起来刚走出卧室，就看到母亲已煮好了他最爱吃的蛋花汤。以前，他会"呼噜呼噜"地喝上两大碗，可今天，他一点食欲都没有。勉强喝了两口，便心事重重地出了门。母亲跟上来，说："凯子，有些事，不是想躲就躲得了的。记住妈说的话，只要你认为对就做下去，妈会支持你的。"

"谢谢妈。"宋子凯应着，打车赶去了法院。出示证件，说明情况后，在朋友的帮助下很快查到了苟二的底案。正如秀水巷的街坊们和张兵所说，苟二的确是个丧尽天良的色魔。案卷中记载得清清楚楚，苟二曾先后对多名女性进行过暴力性侵犯，被害人有张小燕、赵兰兰、李翠、宋……桂芬……

宋桂芬？天，这不是我的养母吗？瞅着这个熟悉的不能再熟悉的名字，宋子凯难以置信地瞪大了眼睛。没错，在档案袋里，宋子凯又查到了养母年轻时的照片。背面，是一行字迹发黄的标注：被害人 4：宋桂芬！

畜生，苟二你就是个该死的畜生！宋子凯当即恨得牙痒，拔腿找到了苟二的家。他想好了，他要明明白白地告诉苟二的女人：这个案子我不接了，你另请高明吧！但在黑着脸推开那扇破门的刹那，宋子凯又定住了——不足 10 平方大的棚户房四处漏风，房顶还见了天。乱糟糟的盆盆罐罐堆积在墙角，散发着一股子浓浓的霉味。靠近墙角的地方摆着一张窄窄的旧床，苟二的女人正坐在床沿上，给一个面色蜡黄的小女孩喂饭。

听到动静，女人回头看来。很显然，她没有料到宋子凯会登门，一时间局促地不知该说啥好。嗫嚅了半天，忙放下饭碗，去扯那个小女孩："囡囡，快起来，能救你爹的恩人来了。"

小女孩皱着小小的眉头，吃力地爬起。下地后不等站稳，张霞就拉着她跪下了，眼泪也止不住地流满了脸："宋律师，给你添麻烦了。不瞒你说，在找你前我找过好几个律师。因为我拿不出钱，他们都不接。宋律师，你看看我，我家里这个样子，哪还有值钱的东西？二胜出摊挣的那点钱，还不够给囡囡看病的。他要再进去，我和囡囡就，就只有死的份儿……”

听着女人的哭诉，一路上想好的那些狠话又被宋子凯强咽进了肚子。他恨苟二，可苟二的所作所为和眼前的这个女人无关。这个案子，我到底是退还是接？犹豫中，女人哭着说起了她和苟二胜的过去。那个老街坊并非信口开河，这个女人曾因杀人罪被判处重刑，蹲过十几年监狱。她杀的人是自己的丈夫。丈夫百般虐待她，时不时地就把她打得遍体鳞伤。实在活不下去了，她便在饭锅里下了老鼠药……服刑期满，无意中和苟二胜相遇，许是同病相怜的缘故，两人走到了一起。

“宋律师，教育我们的狱警都说，只要痛改前非，本分守法，就一定能得到人家的谅解，把日子过好。出狱后，我们老老实实地讨生活，靠出力赚钱，谁也没再做昧良心的事情，可为啥大家都躲得我们远远的，不肯帮我们？纵然我们有千错万错，可那都是以前的事。我们已经服过刑，已经改好了啊……”

女人呜呜地哭，小女孩跪在地上，怯生生地伸出小手不停地给女人擦泪。宋子凯再也看不下去了，扭身走出了破败的小屋。谁想刚到巷口，一个人突然出现在了他面前。

是母亲宋桂芬！

宋桂芬一脸慈祥地看着他，“凯子，你都查到了？”宋子凯点点头，又摇摇头，苦闷地说：“妈，我，我不相信，那不是真的！”“有些事，不是想躲就能躲得了的。”宋桂芬叹口气，说：“有个秘密，压在我心底已经有20多年了，也该告诉你了——”

“妈，别说了。这么多年你吃尽了苦头，你就是世上最好的母亲。”宋子凯张开双臂，紧紧地拥住了宋桂芬。他知道母亲想说的秘密，正是他多年来苦苦寻找，并竭力想解开的谜团：遭到苟二的欺辱后，母亲怀了他，生下了他。但就是那次灾难般的侵害，害的母亲失去了生育能力。离婚后，母亲又收养了他，全身心地爱他，用一辈子偿还那6年的亏欠。

“好孩子，过去的就让他过去吧。什么都不要想，堂堂正正地去做人，去做你的律师。”宋桂芬拍拍宋子凯的脸，接着问：“你想好怎么做了吗？要是你决定了，就去做吧。妈说过，妈永远都会支持你。”

“谢谢妈。我想好了，不管多难，我都要帮他们。不为别的，就为无愧于良心。”

母亲说的对，过去的就让它过去吧。有些秘密，不必探究真相；有些仇恨，也不能纠结一辈子。想到这儿，郁积在胸中的苦闷很快烟消云散，宋子凯终于长舒口气，如释重负般笑了……